天國旅行

三浦紫苑——著　　丁世佳——譯

天国
旅行

搭著狹窄臥鋪的列車前往天國旅行
跟污穢的心靈和這個世間道別吧

「天國旅行」——The Yellow Monkey

第一站

森林深處

最後的最後能在樹海遇到青木真是太好了。
他覺得好像是獲得了某人的允許，
至少那個自稱青木的男人
允許他繼續在這個世界上活下去。

「大叔，喂，大叔。」

有人在叫他，搖晃他的肩膀。煩死了，不要管我。富山明男想要這麼說，睜開了眼睛。一個大約二十五、六歲的男人帶著似笑非笑的表情瞅著他。

怎麼，這裡是天國嗎？富山明男開口要問，卻劇烈地嗆咳起來。他呼吸困難，喉嚨跟太陽穴都痛得要命，脖子也刺痛不已。他舉起手輕輕地摸了一下，感覺到擦傷的皮膚和繩子。

「你還好嗎？」

男人把頹然癱在地上的明男扶起來，輕拍著他的背。明男覺得呼吸容易了些。他擦著臉上的眼淚鼻涕，終於明白了當下的狀況。

看來是沒死成。

他順著掛在脖子上的繩子抬起視線，長著青苔的大樹幹映入眼中。他找不到適當高度的樹枝，沒辦法只好把繩子綁在樹幹上，但繩圈應該是無法支撐明男的重量，現在已經鬆脫滑落到離地面約五十公分的地方。

明男一面咒罵自己準備不周，一面把繩套從脖子上取下來。這哪裡是天國，我現在還在恐怖的樹海裡。要是早知道樹海裡的樹都沒有像樣的枝幹，就帶著釘槌來釘繩子了。

空氣充滿濕意，地面上全是苔蘚。蒼鬱的大樹枝幹上也全是青苔、青苔、青苔。真是夠了。

明男搖搖晃晃地站起來，解開樹幹上鬆掉的繩圈，一面捲在手臂上，一面對男人說：「不好意思，麻煩您了。」

男人仍舊蹲著，好像覺得很有趣似的望著明男的行動。

「大叔，幹嘛要自殺啊？」

「就算你叫我別這樣，我還是要自殺的。」

「我不會叫你不要自殺啊。」

明男聽到嗞嗞的聲音，然後菸草的味道飄了過來。「不過呢，在這種地方馬上就會被發現的。現在不就立刻被我發現了嗎？」

那個男人好像在笑。明男突然不安起來。這個男人在樹海做什麼呢？要是來這裡探險也就罷了，但也有可能是犯了什麼罪到這裡來掩埋屍體，或是搜刮自殺者遺物的小賊，要不就是幫人實現自殺願望的快樂殺人犯也說不定。

明男吞嚥了一口口水，偷偷地窺伺那個男人。男人一面吞雲吐霧一面說：「真的很好笑。大叔好像蟲子一樣揮舞手腳，我心想『咦?!』的時候繩圈就鬆了，大叔翻著白眼癱了下來。真的要死的話，得想點比較靠得住的方法才行吧。」

「少、少囉唆，煩死了！」

明男滿心恐懼屈辱，轉向那個男人，把手裡的繩子像鞭子一樣揮舞，忍著喉嚨痛大聲怒吼。

「幹什麼啊你！不要管我！一邊涼快去！」

那個男人在繩子掠過他面頰的時候抓住末端。明男為了不讓唯一的自殺工具也被奪走，死命地握緊繩子。男人藉著繩子繃緊的力道輕鬆地站起身來。

「真拿你這個大叔沒辦法。」

那人把繩子丟回來，明男在胸前接住，第一次看清楚站在他面前的男人模樣。

他身材比明男高不少，應該有一七五公分吧；剃得短短的小平頭，黑眼中的眼神非常穩重。他穿著黑色的長袖T恤和迷彩花紋的長褲，腳上是結實的工作靴，背著一個黑色的大背包。

在樹海露營嗎？自己一個人？

雖然有點詭異，但他看起來並不像殺人犯。明男對自己慌亂地朝人家亂發脾氣感到丟臉，不自在地拉著西裝的下襬。

「那個，對不起啦。你是好意才叫醒我的。」

男人呼出一口煙，從口袋裡拿出攜帶型菸灰缸把菸蒂丟進去。「沒什麼。」他只這麼說。明男雖然有氣無力，還是打定主意跟他說：

「不過我是決定要死才到這裡來的。不好意思，讓我自己一個人吧。」

「那是沒問題啦。」

男人晃動了一下背包，重新背好。「但是在這種地方會干擾到別人，要死的話得再往裡面才行。」

「還要裡面啊，我已經走了很久了……」

「這裡離人行步道才只有一百公尺左右而已。」

男人抬頭望著樹梢，閉上眼睛，明男也學他側耳傾聽。果然略微可以聽到公路上的車聲。

只有一百公尺。明男垂頭喪氣。他走過崎嶇不平的熔岩，越過地面上盤曲交錯的樹根，好不容易才來到這個他以為很適合尋死的靜謐地點。樹海比明男預料中大得多了，這是個拒絕人類深入的森林。

「嗯，隨你便吧。拜拜啦。」

男人巧妙地避開地上盤據的樹根，背對著明男走開了。四周的樹木全都一模一樣，根本看不出哪裡是哪裡，但他似乎是朝著跟車聲傳來的方向相反的樹海深處前進。

「等一等。」

明男慌忙追上去。「你在這裡幹什麼？」

男人停下腳步，頓了一下子然後轉過身。

「來演習。」

「你是自衛隊的人還是什麼的嗎？」

對方沒有回答。「怎樣的演習？」

「只靠指南針穿越樹海。」

自己一個人嗎？

明男雖然仍有疑慮，但現在不是計較這種小節的時候。他繞到男人前面，急切激動地說：

「要穿越過去的話，現在開始就要進入樹海深處了對吧？我希望你帶我一起去，到了適當的地方，把我留在那裡就好了。」

男人盯著明男的臉看了一會兒，然後又說了跟剛剛一樣的話：

「隨你便吧。」

明男跟男人並肩往前走。青苔很滑不說，以為是地面堆積著枯葉的地方，踩上去結果是熔岩的空洞，腳還會被卡住。穿皮鞋很難走，但他還是奮力前進以免跟不上男人。

「我叫富山明男。」

他轉頭對著男人的側臉說。「你呢？」

他覺得男人的嘴唇上好像掠過微笑的影子。又過了一會兒，男人才回答：

「青木。」

明男確實打算尋死。他抱著非死不可的決意在鳴澤冰穴站下了公車的。

既然這樣的話，我幹嘛要跟著這個男人呢？真的想死的話，這個男的走了之後，再上吊一次就好了啊。根本沒有必要自報家門，還問人家叫什麼名字。

明男抱著膝蓋，望向營火。小樹枝燒爆了，跳躍的小火焰在黑暗中灑下點點火花。

走了大約兩小時後，太陽漸漸西沉。樹海沒有想像中那麼昏暗，傾倒的樹木不少，樹林不那麼濃密的地方也很多。

男人在有點像個小廣場的空地停下腳步。

「在這裡紮營吧。」

他們配合明男的步調前進，應該沒走多遠才對。但男人並沒抱怨也沒挑眼，只默默地開始準備過夜。

薄薄的土壤表層下就是熔岩，地面凹凸不平又硬得要命。男人蒐集枯葉權充襯墊，然後在上面搭起圓頂狀的帳篷。接著他把撿來的枯枝堆在一起，靈巧地用打火機生起火來。明男無事可做，只能默默在旁邊看著。

男人大概是看不下去明男在一邊無聊閒晃的樣子，說道：「大叔，來幫個忙吧。」他們把從背包裡拿出來的塑膠布攤開，四個角綁在大概半人高的枝幹上。這用來當屋頂的話太低了，塑膠布的中央還下陷。

明男一面做事一面懷疑地歪著頭。

「今晚會下雨，這是儲水用的。」男人說明，「因為我只帶了最低限度的飲用水。」

這麼說來，到目前為止都沒在樹海裡看見沼澤或水池。明男恍然大悟，對於自己造成了男人的負擔感到過意不去。他看著塑膠布做的儲水裝置，心想多少也算幫了一點忙，重新振作了一些。

男人的背包裡真是什麼都有。

他們開了一罐鹹牛肉罐頭，配著餅乾吃了。兩人分了寶特瓶裝的水，小口小口地喝著。

雖然遠遠談不上吃飽，但明男還是滿足地望著營火。

說老實話，尋死的勇氣已經漸漸消失了。

他喉嚨還痛得很。以前聽說過上吊的人會失禁脫糞，沒發生這種情況真是不幸中的大幸。在到達那個階段之前就早早失去了意識癱倒下來，想著有點難堪就是了。

實際接近過死亡之後，要再度嘗到喉嚨的疼痛跟血液沸騰般的苦楚，然後變成失禁脫糞的屍體，確實讓人有點猶豫。好可怕。

「大叔，你這樣會冷吧。」

不知何時男人已經站在他身邊。「披上這個吧，多少有點用。」

男人把銀色的救難保溫毯遞給他。就算在七月初，富士山麓廣大的森林裡晚上還是會冷。明男感激地接過毯子，裹在西裝外面。男人也在長袖的T恤上加了一件Gore-Tex的外套。

視線只要稍微離開營火，周遭就是濃厚得令人呼吸困難的黑暗。至今從未體驗過的深沉夜晚，讓明男不禁畏縮起來。不知哪裡有鳥在叫；明男覺得是鳥吧，悲鳴般的吱吱聲。

坐在他旁邊的男人藉著營火和手電筒的光線，研究著裝在透明塑膠袋裡的地圖。他似乎是在用指南針跟地圖對照，確認現在的位置，但以演習用來說這地圖也未免太簡略了，只不過是一般市面販售地圖的影印本而已。

「自己一個人來樹海，要是遇難了怎麼辦啊。」

明男這麼問，男人笑了起來。他嘴上叼著的菸頭，像紅色的螢火蟲一樣忽明忽暗。

「你是來自殺的，還擔心遇什麼難。」

「我不是說我。」

明男的皮鞋靠在一起摩擦作響，身上圍著的保溫毯也發出沙沙的聲音。「是說青木你。」

男人把菸頭彈向營火。

「大叔啊。」

「我叫富山明男。」

「富山明男先生，幾歲啦？」

「五十四。」

「那應該有太太也有小孩吧。我可以問你為什麼想死嗎？」

「就常有的那種理由。」

喔。男人把下巴擱在豎起來的膝蓋上。

「做生意失敗，討債的人逼得太太患了精神官能症，女兒被黑道抓去被迫賣身，所以對人生絕望了這樣？」

「說得跟電影一樣。」

明男抽抽鼻子。「沒這麼戲劇化啦。」

跟明男同住的岳父岳母需要照護，公司希望他提早退休，原本就覺得日子過得很辛苦了，兒子騎機車又撞到幼稚園的小朋友。幸好當時要過十字路口放慢了車速，兩造都沒有生命危險，但小女孩手臂骨折，受了重傷。當然啦，對方的父母激動地指責他們。醫藥費和慰問金自然是必要的，若是打起官司來還要更多的錢，明男完全不知道該怎麼辦才好。

「我太太不知如何是好，對著我說『你死了的話就可以領保險金了。』既然她都這麼說了，那我就去死吧。」

「在樹海自殺的話，根本沒人知道你死了，這樣也領不到保險金吧。」

所以才要來這裡啊，這是發洩對太太的不滿。明男壞心地無聲偷笑，但他立刻又覺得不是這樣的。

他只是對一切都厭倦了；放眼望去找不到一條脫離困境的出路，家人跟煩人的事情都讓他害怕，所以他就逃出來了。

逃到讓自己苦悶煩惱的事物都不存在的地方。

「青木幫我通知我太太就好。就說『我在樹海碰到一個叫做富山明男的大叔，他說他要去死。』這樣。」

明男自暴自棄地說。雖然太太就算知道了，也不會專程來找他就是。

明男裹著保溫毯就地躺下，這才第一次從樹林的枝枒間，看見漆黑的天空裡有無數閃爍的星星。

「哇，好漂亮啊。」

他不由得衝口而出。「『夏季大三角』看得好清楚。青木你知道嗎？」

「我知道。」

男人並沒抬頭望向夜空。「織女星、牛郎星跟天津四……對吧？」

「對，對。」

明男按捺不住興奮之情，不知怎的雀躍起來，繼續說著：

「青木你也喜歡星星嗎？我高中的時候是天文社的。我老家在信州，星星多得不得了。我本來想上大學念物理系的，但是我家沒錢。青木的老家在哪裡？」

男人又叼著一根菸。打火機一瞬間照亮了他的眼睛，好像閃著冷冷的光芒。

「名古屋。」

「這樣啊。我在那裡住過，不過是很久以前的事了。」

明男再度坐起來，撢掉後腦杓上沾著的落葉。

「富山先生的兒子，」男人說，「多大了？」

「大學生啦。二十一歲。」

「已經是大人了。」

男人微微聳肩。「那錢讓他自己出就好啦。」

「是我兒子犯的錯，我不能不管。」

明男搖著頭說，完全忘了自己是為了逃避才到樹海來的。男人慢慢轉過頭望著明男，讓他很不自在。他心中再度浮現疑問與恐懼，想著這個男人到底是什麼人。

在就算大聲叫喊也不會有人聽見的深夜林中，他跟這個偶然碰到的男人兩人獨處。

帶著濕意的風從林間吹過。灰色的雲層把星星遮住了。

「快下雨了。到帳篷裡去吧。」

男人把視線從明男身上移開，俐落地站起來。

不要，才不要跟這個男人擠在那麼狹小的空間裡睡覺。

「誰看著營火呢?」

明男這麼問。男人把抽的菸扔向火堆,回道:

「反正下雨就會熄了。」

他們把睡袋攤開當墊子,並肩躺下。男人背對著明男,立刻就動也不動。狹窄的空間和對方的體溫也就讓明男覺得不怎麼冷了。

樹葉發出窸窣聲,營火的餘燼散發出微微的煙味。雨滴打在帳篷跟塑膠布上。明男一面想著自己一定沒法入睡,一面數著雨聲,不知不覺間就睡著了。

隨著太陽升起,各種鳥類的唱和此起彼落。明男只認得出烏鴉的叫聲和啄木鳥啄樹幹的聲音,此外還有形形色色高亢清澈的婉囀鳥鳴。

除了鳥之外,森林裡似乎還有各種在夜間活動的小動物和野獸。帳篷的上方有像老鼠留下的小腳印。明男小解的樹蔭下有鹿的排泄物。

雨停了,被露水濡濕的苔蘚綠意更加濃密。看起來像占地菇的白色蕈類從傾倒的樹幹下露出臉來。

「青木,用這個給味噌湯加料如何?」

男人抓著塑膠布的一端，小心翼翼地把接到的雨水灌進寶特瓶裡。他轉頭朝明男的方向說：「不行，那有毒。」

他用便當盒裝水在營火上燒開，加進速食味噌湯醬料和真空包裝的白米，稍微煮了一下。

「白天應該會很濕熱，攝取一點鹽分比較好。」

男人這麼說，明男就毫不客氣地吃了。既然要死了幹嘛還要吃東西啊，自己吃了男人的糧食就少了一半啦；肚子餓的時候這些內心話全都可以充耳不聞。

他們輪流用一根湯匙舀便當盒裡的食物，男人在吃了三分之一後就說：

「我這樣就可以了。」

男人又抽起菸來。明男抱著已經冷卻的便當盒，把剩下的東西吃得一乾二淨。

「富山先生，你想死在什麼樣的地方呢？」男人問。

「這個啊。」

明男想了一下。他把寶特瓶裡的雨水倒進便當盒裡，在營火上煮沸，然後把黏在便當盒裡的飯巴刮下，喝了稀稀的味噌湯。

「果然還是要氣氛很平靜的地方比較好。陽光從枝枒間照下來，像安靜的客廳那樣。」

男人的嘴角微微傾斜。「那樣的話就在自己家的客廳死不就得了。」他好像要這麼說。明男也有心理準備會聽到諷刺的回答，但男人只是很快把帳篷折疊起來。

「那我們就去找那種地方吧。差不多可以出發了。」

單調的景色綿延不絕。無論是往後看還是往前看，觸目所及都只有樹木。

明男光是跟在男人後面就費盡了全力，完全不知道自己在哪裡、是怎麼走的。即使有些樹上有奇特的樹瘤，或是像大蛇一般盤據的樹根，他怎麼看也都只有「樹木」這個共同點。就算男人一直在同一個地方繞圈子，明男也根本無從指摘。

要是把一成不變的單調景色當成森林浴的話，或許就可以忍耐了吧。但是白天的樹海非常濕熱，一開始走明男就把西裝外套脫下來，綁在腰間，白襯衫的袖子也捲了起來。他滿身大汗，加上周圍的濕氣，襯衫都濕得可以擰出水來了。

男人好像察覺到明男的疲累，不時停下來在樹蔭下休息。

「這沒有煮開過，還是不要大口大口喝比較好。」

男人在把裝著雨水的寶特瓶遞給他時，一定會這麼提醒。自衛隊的同袍一定也覺得他是個又細心又能幹的男人。

跟背著大背包的男人比起來，明男攜帶的行李只有上吊用的繩子而已。他對不管在樹海裡外都一樣沒用的自己，越來越覺得難為情。

午餐是一面走一面吸食的能量果凍包。日正當中的時候，即便是樹海裡也明亮起來。濕熱已經快超越明男能夠忍耐的極限了。

剛好就在這個時候，男人停下腳步說：「看來好像是迷路了。」

「本來應該是往樹海深處走的，但結果走近了北邊的步道。」

男人把指南針放在地圖上，跟周圍的樹木和太陽的位置比對。明男坐在樹根上，拉著襯衫搧風。他累得要命，也覺得跟男人好像熟稔了不少。

「喂，沒問題吧？你不是自衛隊隊員嗎？」

明男不由得衝口用開玩笑的諷刺口吻說道。

然後他立刻就後悔了，因為男人以毫無表情的眼神望著明男。

所有事情都是男人在做，他不該說這些有的沒的。明男慌張地辯解：

「不是啦，我以為是不是會跟演習一樣，規定要在什麼時候到達什麼地方之類的。」

「並沒有。」

男人把地圖收進背包的口袋裡。「大叔，你真以為我是自衛隊的人嗎？分明穿著便服，只帶著簡單的地圖和指南針而已，沒有只帶這種裝備來演習的自衛隊隊員好吧。」

「那、那是怎樣，你只是來露營的？」

明男想對男人微笑，卻不成功。他奮力用顫抖的膝蓋起身，後退跟男人拉開距離。男人動也不動，觀察著害怕的明男。

明男腦子裡突然閃過一個念頭，他大聲說：

「青木這個名字也是假的吧？」

本來是要怒吼的，但不知怎的他的聲音卻成了悲鳴。他為什麼這麼輕易就相信了這個男人呢？這個地方不就叫做青木原樹海嗎？

男人為什麼答應帶著明男一起走呢？明男無法摸清身分不明男子的意圖，他腦中一片混亂，腋下冷汗直冒。

「名字對死人來說沒必要吧。」

男人不屑地說，往前走了一步。「你啊……」

明男顫抖著猛地朝右邊奔去，「哇——」一面從丹田大叫出聲。

「喂！」

明男在聽到男人叫他的瞬間，整個人突然掉進了熔岩的裂縫中。他感覺到男人試圖抓住他的手腕，但是來不及了。

「你沒事吧，大叔！」

明男跌坐在洞底，還搞不清楚發生了什麼事。他抬起頭，看見男人從大約兩公尺高的洞口邊緣露出臉來。

「沒撞到頭吧？」

明男搖搖頭。

「試著慢慢站起來。有骨折嗎？」

「好像沒事。屁股有點痛。」

「安全降落呢。」

男人嘆了一口氣，輕笑了一下。「這是火山爆發的時候熔岩噴出來的洞穴。來吧。」

明男抓住男人伸出來的右手，被他從洞裡拉了上去。明男跟他道謝的時候，發現男人的左手鮮血直流。

「你……受傷……受傷了！」

「我知道。」

男人應該是在明男掉下去的時候想抓住他時，被鋒利的熔岩割傷的。儘管明男慌亂不堪，男人卻鎮定地把背包卸下來，用另外一隻手在裡面掏出好像是抗生素的一排藥丸。

明男回過神來，接過銀色的鋁箔排，把藥丸擠出來，扭開寶特瓶的蓋子。男人配著雨水吞下藥丸，用毛巾包住左手。

「富山先生真是讓人操心啊。」

男人靠著旁邊的樹幹坐下，咋舌說道。血好像還沒止住，男人跟發誓一樣把左手舉到肩膀的高度。

「喏，死吧。我看著你死。」

男人抬著下巴朝明男的背後示意。明男轉過頭，看見後方從枝葉間灑落的午後陽光，倒下的樹幹看起來像是很舒服的沙發。

再怎麼樣也不用現在說這種話吧。明男既後悔又不悅地望著森林中明亮的空間，心想要不就拋下這個男人，自己走向樹海深處得了。但是男人是因為明男才受傷的，他流了不少血，拋下他走了自己心裡一定會不好受。不對，雖然確實擔心男人，但這可能是不想自己一個人在樹海裡晃悠的藉口而已。

明男在男人身邊站起來。

「對不起。」他說。

男人嘆了一口氣。「我只是有點嚇到了，拿你出氣而已。請不要介意，富山先生。」

明男跟男人再度一起在樹海中前進。

男人只能用一隻手，明男代替他辛苦地生了火，架起帳篷，準備了罐頭晚餐。男人倦怠地坐在地上，可能是因為受傷發燒了，但是沒有多餘的水可以讓他冷敷一下額頭。明男只能用雨水燒了開水，等涼了之後讓他喝。

他被年紀可以當自己兒子的男人救了，給對方添了各種麻煩，連尋死的地方都找不到。明男決定告別沒骨氣、躊躇不決的自己。他把身上帶的東西全扔進了火堆，包括裝著幾張鈔票的錢包、駕照、各種卡片，還有手機。

「承蒙關照了。」

他本來張嘴要叫「你」的，但還是算了。「明天青木出發之後，我就在這裡死吧。」

這個男人到底是什麼人，為什麼到樹海來之類的都不重要。自稱青木的男人叫醒了狼狽倒在樹海裡的明男，帶他進入樹海深處，分給他食物，還救了他。明男過去幾個月以來，無論在家裡還是公司，都沒有跟人說過這麼多的話。

他覺得最後的最後能在樹海遇到青木真是太好了。

明男存在的證明逐漸燒得焦黑。男人只是默默地望著火焰。

明男聽到呻吟的聲音，在帳篷中醒來。現在應該還是半夜吧，周圍一切仍舊籠罩在黑暗中。

明男打開放在枕頭旁邊的手電筒。男人額頭上浮現汗珠，發出難受的呻吟。他燒得很厲害。

「青木，吃點藥比較好吧。藥放在哪裡？」明男問。

「背包左邊裡面的口袋裡。」男人回答。

明男把背包裡的東西拿出來放在地上，把中午那排像是抗生素的藥遞給男人。過了一會兒藥好像生效了，男人的寢息稍微平穩了一些。

明男鬆了一口氣，費心將地上散亂的物品放回背包裡。他發現用橡皮筋綁著的鋁箔排藥丸和未開瓶的威士忌，停下了手上的動作。

這是怎麼回事。

明男在睡著的男人身旁坐著，動也不動地凝視著黑暗。

天亮之後，男人形容疲憊地生著火，他的狀況仍舊沒有好轉。

「我已經喝過了。」

明男說著把只剩一點水的寶特瓶讓給男人。他假裝要去小解，偷偷舔了含著露水的青苔；雖然舌頭感覺冷冷濕濕的，但果然沒辦法潤喉，而且還有令人受不了的土味跟霉味。

他走到營火旁邊觀察男人的側臉。男人臉很紅，眼睛因為發燒看起來茫然呆滯。

「要不要叫人來啊？」

明男怯生生地問。

「叫誰啊。」

男人晃動著肩膀說。雖然發著高燒難以動彈，明男從男人身上卻感覺不到絲毫焦急或不安。明男鼓起勇氣把昨晚想出來的結論跟男人說了。

「青木，你也是到樹海來自殺的吧。」

「背著這麼多行李嗎？」

男人慢慢舉手指著背包，嗤笑著說。「沒有那種人啦。」

「裡面有好多藥。那是安眠藥吧？」

男人把手腕放在膝蓋上，弓著背身體往前傾。明男把手放在他肩膀上，想問他是不是很難受。

他渾身滾燙。

明男大驚失色，急急站起來。

「我去叫人。」

「是要叫誰啊。」

「誰都好。救護車，對了，叫救護車——」

「沒辦法吧。」

男人露出拿他沒辦法的樣子嘆了一口氣。「富山先生，你昨天晚上不是把手機燒了嗎？」

「用你的手機啊！」

「樹海裡沒訊號的。」

話雖如此，明男還是從背包裡面找出男人的手機，試了不知多少次，都沒訊號。

「我去步道上試。哪個方向？」

明男背起背包。

「你不想死了啊。」

男人咕噥著說，明男拉著他的袖子。

明男跟男人在一片綠色發散出的濃厚氣息中前進。透過樹葉縫隙照射在地面的光線，在空中描繪出彷彿黑白欄杆般晃動的條紋。青苔蒸發出的熱氣讓景色搖搖晃晃。看不見形體的鳥在鳴叫，某處傳來動物踩踏枯枝的聲音。

兩人在沒有盡頭的濃密森林中前進。明男覺得這個世界上會說話的生物好像全都消失了。

他覺得好像走了很久，但卻一直沒有走到樹海的邊緣。在這裡不管是距離、時間或是方向都不受認知的管轄，恣意橫行。

或許他們已經到了死後的世界也未可知。

在濕熱朦朧的景象裡，明男看見大約二十公尺外的樹下有一個穿著藍色工作服的男子。

「青木，有人！」

一定是接近步道了。明男雀躍地高聲叫道：「不好意思！」穿著工作服的男子好像沒聽見，並沒回頭。明男越過地上盤據的樹根，走近那人。

「不好意思，要是您有開車來的話，能不能載我們去醫院……」

話沒說完明男就猛地停下腳步，一陣腐臭傳到鼻端。不要看，腦袋裡某個地方發出了警告，但明男還是定睛望去。

穿著工作服的男子黑黑的後腦杓不安地蠢動。明男本來以為是風吹動了頭髮，但並不是，那是某種黑點的集合體。牠們察覺明男接近，啪地一聲朝空中散開。

明男過了一陣子才發現靜謐的森林裡響起的聲音是自己的哀嚎。聽起來不像人類聲音的悲鳴，正是自己的慘叫。

明男以為是後腦杓的地方，其實是穿著工作服的男子的臉。密密麻麻讓人以為是頭髮的蒼蠅飛走之後，露出了皮膚腐爛剝落，已經看不出原形的面孔。

穿著工作服的男子腳尖離地面只有些微距離，上吊死了之後仍舊保持幾乎像是站著的姿勢，慢慢腐爛。

腐屍的臭味，蒼蠅飛散發出的沉重轟隆聲，從明男的口鼻和耳朵侵入體內。他雖然想把身上所有的開口都塞住，卻沒辦法停止慘叫。

「富山先生！」

男人追上來抓住明男的手肘，拉他遠離屍體。蒼蠅的聲音變小了，屍體被樹蔭遮住，但臭味仍在體內徘徊。明男讓男人拉著他走，慘叫變成喉嚨振動的「啊——啊——」一聲，最後終於停止了。

明男揮開男人的手，在青苔上劇烈地嘔吐。嘔吐的酸臭味取代了屍臭，真是謝天謝地。

「真是個怪人。」

男人的表情因發燒而顯得有點茫然。他望著明男說：「你不是也想用那根繩子上吊的嗎。」

明男把一直掛在手腕上的繩子用力甩在地上，好像剛剛發現那其實是一條毒蛇一樣。

他用叫得沙啞的喉嚨斷續地勉強說話。他沒想到人類的身體能崩壞到那種地步。

男人撿起繩子，好像覺得不可思議似的歪著頭。

「死了以後自己的身體會變成怎樣，根本無所謂吧。」

明男看見屍體之後，一時之間無法思考，到頭來還是跟在手持指南針和地圖的男人背後走。

步履不穩的男人到底要去哪裡，他連開口問的力氣也沒有了。

他們一直都沒有走到人行步道。在樹海的第三個晚上，水和糧食也都告罄了。明男跟男人的所有物品裡，能入口的東西只有安眠藥和威士忌。

這之後該怎麼辦才好呢。

明男坐在傾倒的樹幹上，望著營火的火焰漸漸變小。塑出夜晚森林模樣的深淺陰影隨著火焰搖晃，明男也跟著彷彿看見腐爛的屍體，不時自己嚇自己。

「富山先生。」

男人在帳篷裡叫道。「該進來了吧？外面會冷。」

他以為已經先入睡的男人在喝威士忌。男人用刀把兩公升的寶特瓶切成兩半，權充杯子。他也替明男做了一個，連酒都倒好了。

「富山先生也喝一杯吧？」

這下子就算下雨也沒辦法儲水了。明男一面想著，一面接過裝著茶色液體的方形塑膠容器。

他們面對面坐著，啜飲威士忌。狹小的帳篷裡充滿了兩人沒洗澡的體臭和男人散發出的熱氣。

「今天也能看見夏季大三角嗎？」

男人問他，但明男無法回答。曾經讓明男感激莫名的夜空，現在他連瞥也不想瞥一眼。第一天晚上男人可能也是同樣的心情。

想離讓人心煩的一切越遠越好；想跟樹海的熔岩、青苔和樹木靜靜地同化。

但是人跟熔岩、青苔和樹木畢竟不一樣。活著的時候和死了以後，都會變成散發著氣味、靜不下來的形體，身心都跟森林的寧靜差得遠了。

男人盤腿坐著，膝蓋幾乎跟他相觸。男人的身體似乎微微傾斜。

「你在發燒，可以喝酒嗎？」明男問。

「沒——問題，沒——問題。」

男人有點口齒不清地回道。「富山先生說得沒錯，我也是來這裡自殺的。」

「這樣啊。」

明男並不驚訝。「但是為什麼呢？你年紀輕輕，看起來又會野外求生，不用自殺應該也有各種辦法活下去吧。」

「我是會野外求生沒錯。」

男人拿起威士忌酒瓶輕輕搖晃。瓶子裡剩下大約五分之一的酒，但他並沒有再倒，又把瓶子放回地上。

「因為我以前是自衛隊隊員。」

「怪不得。」

「我不知道我爸是誰。因為不想一直給我媽添麻煩，我高中畢業就進了自衛隊。有薪水可領，還可以拿到駕照之類的各種資格證書，很划算吧。」

「嗯嗯。」

「但是我交上了有點問題的朋友，沒辦法回頭了。離開自衛隊之後也一直跟他們混在一起，眼看已經到了覺得沒有搞頭的地步。剛好我媽也死了，我就想差不多啦。」

「只是這樣而已？」

明男不假思索衝口而出。「不是啦，那個——」他要解釋又不知該怎麼說。「沒到非死不可的地步吧。既不是欠了很多錢，也不是沒工作不是嗎？」

「你當然不明白。活在這個世界上，沒有一個人關心你是什麼感覺，你知道嗎？」

男人的聲音小得連在靜謐的森林裡都很難聽到。「就算哪一天突然消失，也不會有人找你，不會有人覺得難過，可有可無的人。怪不得我身邊全都是些垃圾。」

明男自己也是到樹海裡來尋死的，這樣做很奇怪，但他突然想阻止男人。

「你母親在那個世界會難過的。」

「哪有什麼那個世界。」

男人笑起來，「富山先生在我看來也沒必要自殺啊。現在或許有點不順利，但是你有家人，也有這麼多年認真工作累積的成果不是嗎？」

嗯，是這樣啊。明男的視線落在克難酒杯上。所剩不多的茶色液體，在手電筒的燈光下像琥珀般發亮。

人確實會因為在別人看來無法理解的原因而尋死，痛苦這種東西永遠不是相對的。明男跟這個男人都懷抱著讓人徬徨失措、只能獨自承擔的痛苦而來到了這裡。

「我本來是打算花個幾天慢慢考慮再下決定的。」

男人喝完杯子裡的液體。「或許會找到讓我覺得活下去也不錯的理由也說不定。真是不乾脆啊。」

「找到了嗎？」

「誰知道呢。」

男人因為發燒而顯得濕潤的黑眸望著明男。「富山先生之前說在名古屋住過，是多少年以前呢？」

「二十五歲以後……那是多少年前啊。」

明男可能有點醉了，一時之間算不出來。「幹嘛問這個？」

「那時候有女朋友嗎？」

很可惜並沒有。明男算是很晚熟，三十歲才終於跟太太相親結婚，在那之前過著幾乎跟女人無緣的生活。

他本來要這麼回答，但突然心想「不會吧」。不會吧，難道這個男人疑心我是他爸爸？明男本來可以否認的，但不知怎的卻曖昧地回道：「哎，怎麼說呢。」可能是虛榮吧。可能是完全沒有跟不是女朋友的女人上過床的記憶，也可能是心裡覺得要是有這樣的兒子，自己的人生或許會比較輕鬆；更可能是覺得曖昧的回答或許可以延長這個男人的生命也未可知。

兩人的思緒在一瞬間緊張地盤算較量。

「這樣啊。」男人說，「富山先生，你不打算自殺了嗎？」

「我也搞不清楚。」

明男也把杯中的酒一飲而盡。「至少不想再上吊了……就這樣下去我們兩個一定會死不是嗎。沒有東西吃，又在樹海裡迷路了。」

「這裡面，」男人搖晃著酒瓶說，「放了壓碎的安眠藥。我們一起喝吧。不蓋睡袋睡著的話，天亮前就會失溫，可以沒有痛苦地在睡眠中死去。」

到底怎麼辦才好，其實早就知道了。沒有食物也沒有水的話，只能用剩下的酒吞下安眠藥，這很理所當然。本來就是來樹海自殺的，當然要這麼做。

但是明男卻不願意。只能用無法解釋來形容的內心意念，使他越來越不想讓男人死掉。年紀可以當他兒子的男人；可能是他兒子的男人；看見倒在樹海的明男沒有置之不理，聽他說話，跟他一起前進好幾天的男人。

「這樣好啊。」明男說。

「但是兩個男人一起死在帳篷裡有點那個。要是被人發現的話，搞不好會以為是殉情什麼的，多難看啊。」

「這麼說也是。」

男人點點頭。「那我借富山先生的繩子，到旁邊去上吊好了。」

「啊，不要啦。」

明男慌張起來。「一個人死還是覺得有點害怕。」

「那是要怎樣啊？」

男人好像厭煩般嗤笑了一下。「這樣好了，我在富山先生睡著之前待在帳篷裡吧，之後我自己一個人也沒問題。」

來吧。男人把瓶子裡剩下的酒全都倒進明男的杯子裡。明男喉結上下移動，輪流看著杯子和男人的臉。

男人的眼睛裡好像閃爍著憎恨與惡意，對創造出自己然後棄之不顧的父親的憎恨，以及剔除了自己也若無其事照常運轉的世界的嫌惡，似乎都在他眼中暗暗地發光。

明男覺得他是在測試自己的決心有多堅定。

你嘴上說要死要死，到底有幾分真實？捨棄家族選擇死亡，你的絕望有這麼深嗎？跟我一樣深嗎？

男人默默地望著明男。

說不定男人打算自己活下去。搞不好他完全沒打算上吊，只把喝了安眠藥酒昏睡的明男一個人留下，自己離開森林也說不定。

可能還一邊心想著：啊，真是煩人的大叔，這下子清靜了，然後把背包舉起來，神清氣爽地說，這多少能安慰母親在天之靈吧。

明男覺得這樣也很好。要是明男死了能讓男人振作起來，稍微多點活下去的動力，那他就毫無怨言。就算事與願違，男人還是上吊了，在樹海中偶然相遇的明男跟男人，在死亡的瞬間也互相均分了對方的痛苦。

無論是哪種情況，只要想到本來是白白死掉的自己能對某人有點幫助，這樣也就夠了。

明男以平靜安詳的心情一口飲盡男人倒的酒，有點苦味，喉嚨感覺沙沙的。

男人好像微笑了一下。

明男把睡袋推到旁邊，躺了下來。帳篷底下就是凹凸不平的熔岩，刺得人背痛，但過了一會兒也就覺得沒什麼了。

男人是不是還盤腿坐著，手電筒是不是關掉了，還是因為吃了安眠藥眼前開始發黑，明男轉過頭仍舊看不清楚。他不安地叫道：

「青木，你在嗎？」

「我在。」

男人的聲音說。

「說點什麼吧。」

明男聽到嚓地一聲，煙味飄了過來。

「織女星、牛郎星、天津四。是我媽教我看夏季大三角的。我並沒要她買，她卻買了便宜的星座圖表給我。我媽喜歡看星星。」

明男突然非常想睡。

「大概是當時交往的男人裡有人喜歡看星星吧。我媽很容易被影響的。」

明男不知道自己的眼睛到底是睜開還是閉著，意識就這樣陷入了黑暗中。

「富山先生，睡著了嗎？」

織女星、牛郎星、天津四。

男人的聲音好像咒語一樣，在明男耳朵深處靜靜地響著。

「喂，喂，老兄。」

有人在叫他，搖晃他的肩膀。

明男費力睜開眼睛，刺目的陽光灼燒著他的視網膜。

帳篷開口處大大掀開，兩個戴著棒球帽的中年男子趴在地上，擔心地望著明男。

明男一時之間搞不清楚到底是怎麼回事。他試著起身，但起不來。他的身子被睡袋緊緊裹住。

這玩意要怎麼打開啊。

明男扭動身體，其中一個男人察覺了，幫他把睡袋的拉鍊拉開。清爽的早晨空氣摩擦著他的皮膚。

「哎……」

明男用終於可以自由動作的手壓著作痛的太陽穴。雖然沒到想吐的地步，但他的胃難受得要命。明顯是宿醉的症狀。

「你在這種地方幹什麼啊，站得起來嗎？」

「不會是打算自殺吧。」

兩個中年男子相繼問他，口吻帶著憤慨，同時也鬆了一口氣。明男腦袋終於清醒，立刻跳了起來。雖然頭好像被鑽子鑽著一樣劇痛，但他顧不了這麼多了。

「青木！」

帳篷裡沒有黑色的背包。只有倒在一邊的酒瓶。

「青木在哪裡？」

「你說誰啊？」

「年輕的男人，身高大概……」

明男連說明都嫌浪費時間，直接推開兩個男子衝出了帳篷。他四下張望只看見營火的餘燼，並沒有吊在樹上的屍體。

他聽見鳥鳴聲中夾雜著斷續的車聲。

「你真的沒事嗎？」

「真是的，不要嚇人啊。總之你先過來。」

兩個男子在兩邊扶住明男的手腕，他搖搖晃晃地走著，途中不停地回頭，但並沒在林間看見自稱青木的那個男人的身影。

令人驚訝的是，才走個二十公尺左右就到林間道路上了。雖然沒有鋪設路面，但路上有很多輪胎的痕跡，附近的居民應該常常走這條路。兩個男人好像是開著一輛平台小卡車來的，車子停在路邊會車區，路對面就是已經稱不上樹海的樹林，散落著別墅風格的小木屋和田圃。

「就算是夏天，在那種地方睡覺也可能會死的。」

「你沒錢的話，我們送你到警察局好了。」

明男兩手空空，穿著骯髒的西裝。他到這裡來幹什麼應該是一目瞭然吧。但這兩個男人可能是常碰到想自殺的人，覺得刺激明男不太好，跟他說話的聲音幾乎稱得上溫柔。

明男腦中一片混亂，覺得自己彷彿被世間的一切排除在外。他完全不知該怎麼辦，只能點頭說：「好」。

兩個中年男子好像鬆了一口氣般交換了視線。

「我們看見那個真是太好了。」

其中一個男人朝樹海方向抬抬下巴。從林道這裡可以稍微瞥見帳篷的圓頂。

「要不是這個，應該就會錯過了吧。」

另外一人把手放在綁在路旁樹幹的繩子上。明男認得這條繩子，是他的。繩子彷彿要指出帳篷的所在般緊緊綁在兩棵樹中間。

青木。

明男發出嗚咽。你從一開始就打算這麼做的吧，為了救我才走到離林道這麼近的地方搭帳篷，勸我喝酒。現在看來酒裡摻了多少安眠藥，甚至到底有沒有安眠藥，都很難說。

明男用手掌拭去淚水。年紀一大把了還放聲大哭是很難為情，但他忍不住。發現自己沒死成之後真是高興，之前那麼想死的心情簡直跟假的一樣。他覺得好像是獲得了某人的允許，至少那個自稱青木的男人允許他繼續在這個世界上活下去。

青木，你到底上哪兒去了呢？

你受了傷，還發著高燒，不會把指路的繩子綁好之後，又再度進入樹海了吧？

雖然明男現在就想回去找他，但在沒有裝備的情況下探索樹海是不可能的，現在只能暫時麻煩這兩個中年男子了。明男等著自己的心情平靜下來。

「你難道有同伴嗎？」

「要是有的話，那個人應該沒事的。既然都走到路邊綁繩子了，不會特地再回去自殺吧。」

明男藉著安慰他的話語之力，坐上平台小卡車駕駛旁的座位。另外一個男人坐在後面運貨的平台上。駕駛座上的男人可能是想消散明男身上發出的臭味，打開了窗戶。

車子在林道上行駛。

一定沒事的。絕對不會有事的。

明男隨著車身搖晃，閉上了眼睛。

他想像著背著背包，在晨霧中沿著林道走向公車站牌的青年身影。

第二站
遺言

我們現在爬一下階梯膝蓋就會痛，
已經老得無法打開早已無害的氫酸鉀瓶子，
或是把繩子掛在柿子樹上了。
到了這個地步才第一次能確定地說，你非常重要。

「要是那個時候死了就好了。」

你這句話說了大概有五十八次，老實說聽都聽膩了，所以我打算在這裡把我的想法寫下來。

首先不得不仔細思量的是，你指的到底是哪個時候；所謂「那個時候」是什麼時候。雖然這只是我問你：「哪個時候啊？」就能當場解決的枝微末節，但要是這麼問，你可能會勃然大怒（「沒想到你竟然會問這種問題。」「這你不用問不是也很清楚嗎？」「不問就不知道，你這麼遲鈍我真是受夠了！」等等八成沒完沒了的怨懟），我不希望發生這樣的狀況。可能的話我想要盡量避免。

因此「那個時候」指的是哪個時候，就得由我自己試著推測看看了。我的推測要是有誤，這篇稿子就全成了毫無意義的灰燼，但應該不會太過離譜吧。這種程度的自信我還是有的，畢竟我跟你在一起過日子已經這麼久了。

活到了這把歲數，當然面對過會讓人覺得不如死了比較好的事情。我們的、也就是我和你的腦海中，真正浮現過死這個選項的時刻，我想約莫是以下三次。其他你掛在嘴上的「要是那個時候死了就好了」，應該說是單純的抱怨，或是宣洩對我的不滿的發語詞，總之我判斷是不值得費神的口頭禪。

第一次是我們兩家的父母反對我們在一起的時候。

我們完全沒想到他們會那麼激烈地反對，那麼口不擇言地痛罵；雖然覺得困惑憤慨，但更覺得難過。現在想起來雙親的憤怒是可以理解的，不管怎麼說我們年紀尚輕，連養活自己的手段都沒有。

說來也是，還有很多其他理由吧。不管是內在還是外表，就算是說得客氣點，我也稱不上出色，而令尊不僅有錢，又有社會地位，一言以蔽之就是有頭有臉的人物。他擔心未諳世事的你，也是理所當然的父母心。

我對著令尊說我要跟你交往時的樣子，也實在夠糟糕的；身上只穿著泳褲，手上還掛著海草，卻意氣風發地說：「我是認真的，請允許我們交往。」這樣令尊當然不會首肯。但要是讓我找藉口的話，這都要怪令尊擅自闖入我們約會的現場。我本來在裸泳，只穿上泳褲也是沒辦法的事吧。

即便如此，你在沙灘上看見令尊出現時立刻臉色蒼白，急急為我辯護道：「這個人平常比較體面，不是這個樣子的。」這估計也是為了不傷我感情才說的場面話，現在想起來我還恨得牙癢癢的。

令尊跟在兩個年輕人後面，粗暴地介入我們在海水浴場的約會，就算動機是出自對你的關切，這種行為實在不值得稱許。但是我從那時候起，心裡就原諒了令尊的舉動，因為我體會到令尊對你的愛意。父愛跟伴隨著肉體慾望的戀慕當然並不相同，但我珍惜你的程度絕對不落人後。除了我之外還有這樣的人存在。我目睹了這個事實，對令尊產生了同志般的尊敬情感，並且重新下定決心，既然令尊令堂如此悉心呵護養育你，我絕對要更加珍惜、更加愛你。

雖然令尊像偵探一樣跟蹤我們，我卻有無法當面指責他的隱情。這是我第一次告訴你，其實我也做過類似的事情。

你以為我們是在二宮的公會堂音樂會上認識的吧，你覺得我們相識是偶然吧。不是這樣的，我在那之前就知道你了。我設法接近你，跟你說話，伺機盡量跟你熟稔起來。

說得更明白點，我跟蹤你長達半年之久，也就是說我是現在所謂的跟蹤狂。但是，將只能在暗處偷偷窺視意中人的純情，和無法抑制的戀心一總而歸為犯罪的話，未免失於草率。我潛伏了半年，聽說你要去聽公會堂舉行的「莫札特管弦樂之夜」的時候，終於下定了決心。我跟幾個朋友一起買了票，強忍著睡意，最後在你跟陪你來的女佣人要回家的當口，笨拙地在大廳叫住你，之後的事情你都知道了。

那個女佣人叫什麼名字啊。對了，君小姐。就是因為她總是好心地視而不見，我們的戀情才得以成就。這麼說來，我記得你略帶寂寥地跟我說過：「阿君好像終於要嫁人了。」在那之後她過得如何呢。她應該比我們倆年長，現在不知是否身體健康。

那天晚上跟我一起去公會堂的朋友們，已經有半數不在這個世上了。要是沒有朋友們半是取笑、半是認真地在背後推我一把，我一定不會主動開口叫你的。

到了這個歲數，年輕時候的事情就像是一場夢，或是以前看過的小說情節一般。這可能是因為有共同記憶的人越來越少的關係。

就算全力以赴了，大部分的愛情和成就過個百年就會消失無蹤，不留一絲痕跡。即便如此，人還是無法不對此傾注滿腔熱情，人類真是一種不可思議的生物。

有點離題了。那我到底是在哪裡第一次見到你的呢？你一定正訝異著吧。

是在耳鼻喉科。本町有一家叫做西田醫院的耳鼻喉科診所你記得嗎？就是那裡。

你也知道我喜歡掏耳朵，每天都要用一次掏耳棒。那個時候也因為太常掏耳朵而得了外耳炎，在西田醫院的候診室等著領藥。

你說你是因為喉嚨裡哽了小魚刺取不出來，才來醫院的。大門打開你穿著制服走進來的時候，我完全忘了從右耳擴散到半邊頭部的悸痛。你慢慢地換上拖鞋，在接待處不好意思地說明了來意。

魚刺啊，我想道。要是能夠的話我想變成魚刺，進入你昏暗的甬道，刺進你柔軟的黏膜裡。

我領完藥之後到西田醫院對面的書店，忍耐著得意洋洋的店主老頭的撢子攻勢，等你出來。從那天起，我就開始了半年的跟蹤生活。

你可能想說，莫札特之於耳鼻喉科就像甘露之於鼻涕，形象有雲泥之差。但這就是事實，我也沒有辦法。我沒有選擇時間跟場所的餘裕，就在耳鼻喉科的候診室被雷劈中，陷入了一生一次的戀情。

拜跟蹤之賜，我得知你住在哪裡，上哪間學校。

你家位於離海邊五分鐘路程的高地，無論從鎮上哪裡望去，都可以看到厚重的屋頂瓦片反射著日光。但是整片土地被高聳的白牆圍繞，大門永遠緊閉。想到你住在那屋簷下，我就有說不出的煩悶。

我只能在你上下學的時候看到你。當然我也要上學。我每天躲在斜坡上的十字路口等你，但也常常沒見到你就不得不去學校了，那些日子我會沮喪得連便當都無法下嚥。

上完課後我抓起書包就奔出教室，跑到你們學校。要是時間抓得好，可以在你走出校門到回高地上的家這段期間跟在你背後。我既希望你回頭，又想這樣一直望著你的背影往前走，我總是在心中如此天人交戰。

你下課之後會去學校旁邊的運動場打球。那裡美其名為運動場，其實只是用柵欄簡單把草地圍起來而已。我會假裝在下課回家途中小憩一下，溜進運動場一角。你跟你的朋友們歡樂地圍成一圈，我設法低調地望著在晴空下往來的白球和笑著追球的你。

愛上你之後我明白了許多事，其中之一就是我高漲的變身慾望。

那個時候我想變成球。繼小魚刺之後，這次是球了，我非常想變成你觸碰的所有東西。我嫉妒知道你喉嚨黏膜觸感和濕意的魚刺。被你的手掌包圍，感受你肌膚彈性的球是怎樣的心情啊。我非常羨慕。

我沉浸在變成球任你操控的想像中時，真正的球朝我這裡飛來了，是你投的球。你的朋友沒有接到球，跑到我面前來一鞠躬，但是我的視線只投注在你身上。你正跟旁邊的朋友說話，可能察覺我在看你，便微微側身對我示意，好像是遠遠地感謝我阻止球跑到柵欄外面一樣。

你投的白球變成一枝箭，射穿了我的胸膛，終於讓我受了致命的重傷。

從那天開始，我越來越煩悶，一直到音樂會當晚終於忍不住出現在你面前，中間的經緯也就無須多言了。

你接受了我的感情，回應了我。你的微笑，跟你一起在熟悉的街上走著，讓我心情多麼地開朗，你應該不曾想過吧。你對我精神的影響力比你想像的強數十倍。你的一言一行，一顰一笑，都能讓我覺得自己是世界上最幸福或是最不幸的人。

但是令尊不同意我們交往。我們立刻就不能見面了，我要是想在上下學途中接近你，住在你家的兩三個強壯的男人就會不知從哪裡冒出來，展現他們的腕力。就算我們約了要見面，信啊電報啊電話啊都會被攔截，無法聯絡。

等你跟我接觸也是徒勞。我不是指責你行動消極，你幾乎沒有半點自由，不管是在高地的家裡，還是上下學的路上，你受到的監視與好奇的目光比我更加嚴重。令尊、只能看令尊眼色過日子的令堂、你家裡的佣人、這個城鎮上的居民，所有人都皺著眉對我們倆的戀情議論紛紛。

太年輕了，太不檢點了，完全不顧這世上的道理和規範。諸如此類的。

完全無視於我們倆其實連手都沒有好好牽過。

我的父母被令尊盯上，也徹底畏縮了。我們家假裝我並沒在談戀愛，沒有人觸及這個話題，只用陰沉的眼神觀察著我的一舉一動，確保我不鬧事。

你的信我都收在抽屜裡，有一天我發現你的信突然不見了，難堪憤慨到頭暈目眩的地步。用卑鄙的方法抹殺自己兒子萌芽的戀情和生物自然的欲求，這樣的父母還能叫做父母嗎？

我跟你溝通的最後手段，只剩下用小紙條傳遞思念了。紙條從我這裡交給我的朋友，我的朋友再交給你的朋友，你的朋友再交給你。你的簡短訊息則照這樣反過來傳到我手中。

但紙條跟信不一樣，只能寫一句重點。「我做夢了。」「我好想你。」「何時見面？」「現在不行。」這種往來不知何時成了愚蠢的字詞接龍。既然這樣乾脆真的接龍好了，我抱著試試看的心情寫了「蘋果」，你馬上厲害地察覺我的用意，回了「果汁」。「汁液」、「液化」、「化學」、「學校」、「校長」。如此這般你來我往，我的朋友跟我抱怨了。吾友曰：

「我是覺得你們倆的戀愛我應該幫忙，才做這些事的耶。希望你們不要只玩無聊的文字接龍。」

如此這般，說得極是。這也自動證明了朋友們都看了我們紙條的內容，但這本來就是沒辦法的事。只不過是對折的小紙條，交給誰誰都會偷偷瞄一眼上面寫著什麼吧。

自我克制不玩文字接龍，正煩惱著不知該在紙條上寫什麼的時候，你的信出現了。信既不是裝在信封裡，也不是從筆記本上撕下來的，而是用毛筆寫在宣紙上，然後繫在鄰居養的貓小虎的頸圈上。

小虎每隔幾天就會悠閒地經過我家的小院子，我的抽屜裡一直都準備著小魚乾，好跟不時出現的小虎交流。那天傍晚小虎來到我家院子，我把小魚乾放在手上，在露台邊餵牠。

小虎伸出舌頭，靈活地把小魚乾吃進去。我發現小虎的頸圈上綁著東西，不由得好奇起來。小虎的主人是個四十幾歲的寡婦，沒想到還如此風雅。用小虎傳信的話，對方應該住在附近吧。

小虎還專心吃著小魚乾。我把綁在頸圈上的紙條取下來打開，一股墨香飄來。「今晚八點，車站見。」上面的筆跡確實是你的。

所以這是你給我的信啊，我突然心跳如雷。這麼說來，我記得跟你提過有隻虎斑貓偶爾會到我家院子來。你應該是避人耳目來到我家附近，無計可施之下抓住小虎，把信繫在牠頸圈上吧。

但問題是，信上的「今晚」是不是真的是今晚。小虎非常隨性，散步的路線也不一定。自從玩了接龍之後，我們也不再傳紙條了，不僅好一陣子沒見到面，連隻字片語的消息都沒有。你可能是三天前把信繫在小虎的頸圈上，現在正因為我「今晚」沒在車站出現，而躲在高地上的家裡悶頭睡覺。

唉，也罷。我把抽屜裡的小魚乾全給了小虎，很快在小旅行袋裡放了一些日用品。就算沒遇上，我「今晚」八點也要去車站。既然你呼喚我，那我就會永遠在車站等待「今晚」到來。

我裝出若無其事的樣子跟父母一起吃了晚飯。想到這是最後一次，對著跟平常毫無不同的味噌湯和爸媽的臉，不知怎的我充滿了感激的心情。引力好像是在要擺脫的時候才會察覺的東西。

我們分別離家出走，在車站手牽手的時候，我才發現所謂雙親的庇護其實是沉默的壓力。你八成也有同樣的感覺，恐懼和興奮在你的眼睛裡閃爍。

小虎立刻就把你的信送到我手裡了，你說的「今晚」確實就是今晚。我們因相遇的喜悅而顫抖，我倆的命運像是新的星座一般，在沒有月亮的夜空中閃閃發光。

當然，想到令尊令堂和我父母的悲痛讓人很內疚，但我們倆也為自己選擇這樣大膽的行動而感到自豪。

擁有彼此的愛，我們以為自由了。

說到我們當時如此轟轟烈烈的戀愛最後的終局，要是「終」這個字給人不吉利的感覺，那個結果說得再含蓄也無法用熱情來形容。你說「要是那個時候死了就好了」，指的就是這個吧。

我本來想把事情始末一口氣寫完的，但現在有點累了。最近我的注意力只能維持二十分鐘，寫個二十分鐘，睡兩小時午覺，再寫二十分鐘，然後到外面晃晃，每天都是這樣過的。你對此似乎頗有微詞。

「稍微認真點工作好嗎。」

你說著諸如此類的話。

「自從買了電腦，你的工作效率下降了很多。是不是真的認真在寫作啊？不是有很多交友網站之類的地方嗎？」

還有這些有的沒的疑心。

我是沒有試過啦，但交友網站那種地方不是年輕男女才會去的嗎？我對年輕的男人或女人都沒興趣，對方一定也不會跟我這樣的老人，而且還是沒有錢的老人浪費時間的。你直到現在心態還跟年輕人一樣，真是無憂無慮。我希望你能正視我跟你年紀都大了的事實。

電腦跟工作效率低落的關係，非常簡單。

一、工作室裝電腦的那個時期，我的體力跟精神都大幅低落了。

二、我還沒習慣用鍵盤打字。

原因就是以上兩點。

我咬牙鼓起日益不濟的精神體力，夜以繼日地跟鍵盤奮戰的努力，你完全不予理會，隨便就闖進工作室來抱怨連篇。你一進來我就得若無其事地把這篇文章從螢幕上藏起來，假裝我其實是在工作，真是會讓人神經衰弱。

你說得沒錯，那個時候死了就簡單了。不用聽你抱怨，也不用煩惱這個月的生活費，可以一直懷抱著美好的愛情。

但是很可惜，我們還活著。

我們搭上最後一班火車，抵達了東京。本來想換搭夜車繼續往北逃的，但你說大隱隱於市，找工作也方便。確實不無道理。

我們從八重洲出口走上深夜的街道，看見一家小旅館就進去了。招牌上說是商務旅社，其實可能只是幽會用的賓館。老闆娘用訝異的神色望著我們，但並沒詢問我們的年紀以及為什麼來投宿，就領我們到一間只有被褥和一盞舊電燈的兩坪半房間裡。

「明天開始找工作吧。」

你如此說道。我雖然點頭，但心裡想著我們倆只有死路一條。事出突然，我帶的零用錢少得可憐。不管怎樣節衣縮食，兩個人也沒辦法撐過一星期。至於你則是一直過著身上從來不用帶錢的生活的。

「我借了我母親的首飾。」

你打開包袱讓我看紅寶石、珍珠之類的戒指，但我想到要去當鋪換錢就退避三舍。而且我們這樣的年輕人拿著寶石去典當，人家一定會疑心東西是哪兒來的。

骯髒的玻璃窗充滿了讓人不舒服的壓迫感。搭火車時的解放感已經消散無蹤，年輕的我們備感自己是多麼無力。

枕頭旁邊有老闆娘端來的盆子，裡面是裝著白開水的鐵瓶和兩個杯緣缺損的杯子。我們掀開帶著濕氣的被子，在鋪墊上面對面坐著。

你把皮箱裡的包袱拿出來打開的時候，我在幾件衣物中看見一個茶色的小瓶子。

「怎麼辦呢？」我說道。

「是啊。」你回答，把包袱拉到膝前，取出藥瓶放在盆子裡。「這是殺老鼠用的氰酸鉀。」

我望著你，你望著我。既然決定了要怎麼做，心情便豁然開朗，不用擔心之後的事，只要在此刻想著對方就可以了。竟然能這麼幸福，我欣喜得連氣都喘不過來了。

我伸出顫抖的手碰觸你的手，你略微冰冷的手輕輕地回握我的手。

「怎麼辦呢？」

我又說了一遍。你已經說不出話來。我把你壓倒在鋪墊上。第一次看到、第一次觸摸到你的肌膚，我覺得此生已經了無遺憾了。你的呼吸聲與細碎的呻吟和我的聲音交纏在一起，消失於帶著汗味的空氣中。

我們望著被晨光染白的窗戶，一起呆呆地躺在被窩裡。

你略微起身，拿起枕邊的藥瓶。

「如何是好。」你問。

我默默地把藥瓶放在榻榻米上。我們又匆忙地交了一戰。

我們捨不得死了。前一天晚上才剛嘗到的快樂尚未對我們展現全貌，猶如井底般的深處有某種東西蠢蠢欲動。

我們倆搭中午的電車回到故里，為自己引發的騷動跟雙親道歉。之後監視越來越嚴格，我們倆在一年之間幾乎沒有見面，但尋死的渴望早已消褪；取而代之的是在旅社的那一夜，不知在心中重溫了幾次。

敗給肉慾殉情不成，真是難以啟齒的懦弱。雖然可以如此非難，但我仍舊不覺得當時的判斷是錯誤的。你可能有所不滿，但正因為我們選擇了活下來，在這數十年間才能恣意進行肉體的探索不是嗎。你不這麼覺得嗎？

對方井底深處的東西，到現在果然也瀕臨了枯竭的危機，這我並不否認。與其說是膩了，不如說是因為上了年紀性慾衰退的緣故，這也是無可奈何的。我認為能讓我們倆汲汲營營地長年淘取這個事實，本身就值得稱許了。你覺得呢？

第二次面臨生死抉擇的關頭，是在我們一起住了十年之後。

我雖然擔心提到這個話題你會再度怒火中燒，但這分明是我的過失，要是避而不提的話，你只會更加憤怒。我可不希望你嘴裡說著「要是那個時候死了就好了」，然後卻用「去死吧」的眼神瞪著我啊。

平時溫柔敦厚的你，一旦燃起怒火就會變得冷酷激烈。讓我對此有切身體會的，就是我們倆私下俗稱的「朝顏事件」發生之時。

當時我在出版社上班，該社主要業務是參考書的編纂出版，常有機會跟高中和大學的教師接觸。當時正逢考試熱潮，新的參考書和教材的需求大增。我拜託現任教師編寫修訂內容，陸續出版了《記住這些單字英語必勝！》、《最難物理實做問題集》等等的書。雖然忙碌，但每天都過得很充實。特別是《記住這些單字英語必勝！》這本，被考生自然而然暱稱為「記必勝」，成為不斷再版的暢銷書。

你則在高中擔任英語教師，受到學生們的仰慕，也十分忙碌。我見過你編的《暑假學習參考書》的講義，上面列著高中生也能輕鬆閱讀的英文書和非常好用的習題集，講義最後也謙遜地提到了「記必勝」。分明可以在明顯的地方用大字堂堂寫出來的，但是你有潔癖，討厭拉關係走後門。我覺得你真是又可靠又讓人憐愛。

我用忙碌當藉口，同時也可能是那時已經習慣了和你在一起，養出惰性來了也說不定。

我們倆一步一腳印，終於得以在一起，十年都過了，兄弟姊妹跟親戚也都承認了，我們失去了只有彼此並肩生存的嚴苛和緊張感。不，你會說你並沒忘記吧。一點也沒錯，忘記的人是我。我真的在反省。

我應該想起來的。我應該想起熬過了黑暗的一年，趁著各自上了大學的機會，終於可以避開雙親在東京見面的那一天；我們一面上學，一面加深彼此的瞭解和愛情，徹夜計畫未來的那些時光；我們分別順利地就業，租了房子開始兩人生活的那個春天；說服頑固的雙親，一起分擔失望和互相激勵的時候。

我出軌的對象是個剛剛提出博士論文的年輕研究生。要是我寫出名字，讓你回想起當時，你一定會怒髮衝冠。雖然現在避而不提也沒有意義，但我們還是姑且稱之為某人吧。某人的專門是《源氏物語》，我拜託某人的教授監修古文的單字本，因此認識的。

某人傾心於《源氏物語》的世界，跟現實生活有點脫節，不相信現行的婚姻制度，只沉迷於華麗的戀愛畫卷中。像我這種人，只不過是某人畫卷一角上潦草畫上的僕役角色，是幾乎被金色的雲層掩蓋的那種有如夜半雲後的隱月，就是這樣的玩意而已。

我如此丟臉地拼命找藉口，你大概會嗤之以鼻，但事實上真的只是那樣而已。

某人的興趣是在休假的日子焚香，這種興趣不知該說是雅致還是陰沉。有一天晚上突然下了雨，某人把手帕借給我。我漫不經心地把手帕放在口袋裡，就這樣回家了。你之前就起了疑心，這下子決定跟我攤牌。

你把染著平安朝香味的手帕堵在我面前，我解釋這只是工作夥伴單純好心借我的，但你當然聽不進去。

「你好像沒發現，但是你每次晚回家，第二天早上大門口一定有一朵朝顏[1]。」

1　朝顏即牽牛花。暗喻《源氏物語》中的章節。

也就是說這是某人的作法，對我的次日問候。某人為什麼要模仿平安時代到這個地步，我完全無法理解。

某人是很優秀的研究者，沒有吟詩做賦的才能，朝顏上似乎並沒有附著文章，只有大門外多次掉落一朵花。在你看來一定會覺得很詭異不快吧，而且在發現我的回家時間跟朝顏的關係之後，一定會認為這花是第三者的宣戰布告，這也是沒辦法的事。

當然從一般的觀點來說，某人之所以特地跑到我家大門口，留下一朵花這種炫耀情事的舉動，自然是對你的挑釁和宣戰布告。但是以某人的性格，以及我跟某人清楚明白的關係看來，確實也有別的可能性。

某人一心一意只顧著模仿《源氏物語》，可能不假思索就送上了次日的問候。某人或許不知道我有你、我們一起住在這裡的事實。

就算如此，這也無法為某人的怪異舉止和遲鈍辯解；也無法消弭我跟對方發生了關係，傷害了你的過錯。

總之我對此先假裝一無所知。你不知怎麼查到了某人的名字，這下我開始義憤填膺。但看到你咬著嘴唇低下頭，我就無法再這樣虛張聲勢下去了。

「我一直以為我們只有對方，我只靠著你對我的心意活了下來，顯然你並非如此。」

你靜靜的語調像箭一般貫穿了我的胸膛。但是我一方面覺得你的心意十分沉重，另一方面又因為你不可能離開我而感到自豪，怎麼都無法跟你開誠布公。

我當下就跟某人斷絕了關係，外遇一個夏天就結束了。但我並沒跟你說我和某人結束了，你也絕口不提，我們彷彿又回到了之前的日常生活。

然而你心中仍舊悶燒著陰沉的怒火。

我乖乖地往返於公司和住家，在晚餐桌上和你聊一天發生的事情。日子就這樣過著，直到某個開始有點涼意的秋天夜晚。

我半夜突然醒來，你不在我旁邊。我等了一下子，你好像也不是去洗手間。我有種不安的預感，急急起身。

你坐在狹小廚房的餐桌對面，似乎若有所思。流理台上面只亮著一顆小燈泡，桌上有一個茶色的小瓶。

「怎麼啦？」

我問道，驚愕地呆站在餐桌旁邊。小瓶的標籤已經嚴重變色了，但我還是認得出來。年輕時懷著滿腔熱情離家出走的那天，你在旅社慎重地拿出來的氰酸鉀。

「我不知道要不要把這加進明天早飯的味噌湯裡。」你如是說。

「為什麼。」我忍住膝蓋和聲音的顫抖問道。

「我想跟你一起死。要是還要經歷那種事，不如現在死了就好。」

我打心底道歉，懇求你原諒。死很可怕，你鑽牛角尖的樣子也很可怕，傷你如此之深的自己更加可怕。

大概是我的懇求有了效果，你的態度稍微軟化了一點。我趁機說：

「那瓶氰酸鉀搞不好早就變質了，那種東西還是早點丟掉吧。」

你遲疑了一會兒，然後拿著小瓶站起來。

「那就不加到味噌湯裡了。」

我鬆了一口氣，在桌邊坐下。你背對著我在流理台開了水龍頭，過了一會兒你轉過身來的時候，兩手各拿著一個裝著透明液體的杯子。

「到底有沒有變質，我們現在就試試看吧。」

「別傻了，搞不好會死的。」

「我的心等於是死了，是你殺死的，只有我們一起死了才能讓它活過來。在那個世界毫無芥蒂地一起生活吧。」

我驟然醒悟過來。我們倆沒有任何的保證，沒有任何的祝福，只以彼此的愛為證結合在一起。要是我輕率的行為殺死了你的心，那我必須贖罪。我的愛就是你，你的愛就是我，我們是這樣一起活過來的。身為我的愛的你要是死了，那我也失去了活下去的意義。你心中被殺死的愛就等於我，你的心要是死了，那我也死了。

現在想起來，只能說我完全瘋了，但當時我真的非常認真地思考前面的論述，伸手拿起放在桌上的玻璃杯。你用閃閃發光的雙眼望著我。

「你先喝。要是我先喝了，你可能會害怕起來，自己一個人活下去。我不要那樣。」

你這麼說著，一面望著我，一面拿著杯子等待。

我聽說痛苦只有一瞬間。跟失去你的愛，痛苦地度過漫漫一生比起來，這一瞬間算得了什麼呢。

我閉上眼睛，果斷地喝下杯子裡的東西。水喝起來好像有點苦，好像有點腥，還有一點海水的味道。結果什麼事情也沒發生。我咬牙數到十，等待著灼燒五臟六腑的疼痛，但仍舊什麼事也沒發生。

我睜開眼睛，你在我對面悠然地舉杯喝了一口。

「這是食鹽水。」

你說。「據說睡前喝對身體好。」

我啞口無言，不知是該生氣、大哭還是大笑。我呆呆地望著站起來的你。

「要是你現在不喝的話，」

你平靜地說，「我打算明天早上把氰酸鉀加進味噌湯裡。」

「那味噌湯，你也……」

「當然我也會喝。」

那樣就好，我想。

在那之後，你先喝過味噌湯我才會喝。當然，要是你喝了味噌湯痛苦起來，我也決定追隨你而去。

背叛你的後果有多可怕，我有了切身體會。我深愛你這份剛強。要是沒有這樣的刺激，我們倆的生活立刻就會失去張力，無法維持下去。

既然我抱著這種決心，你就不應該輕率地把「那個時候死了就好了」掛在嘴上。就算只是抱怨，我也不希望拿死做抵押算計愛情的價值。

我們倆一起度過了許多危機，將對彼此的愛和理解化為力量。

有人說愛情的終極證明就是一起死去。你走了極端，那是你的熱情，也是你的優點；但我喜歡兩個人一起過著平凡的日子，活著才能品味時間平穩的流逝。你應該也是如此。

所以啦，最近膝蓋痛行動不靈活，早飯的烤魚乾我一直嚼個不停很討厭……可以不要因為這種小事就祭出尚方寶劍：「那個時候死了就好了」嗎？年紀大了當然會關節不靈活，牙齒也不好。樂觀一點看待我們一起度過的時間，以及往後你活著的日子好不好？

話雖如此，我還是忍著聽你嘮叨：「不管怎麼努力工作，想到沒辦法留下我們倆活過的證據，不是很空虛嗎？」我過了五十歲後，突然起意辭了出版社的工作，開始寫作，有幸以時代小說得到了新人獎，在那之後也有些多少可以餬口的工作，忙著蒐集資料寫作，出去採訪旅行。

你是資深的高中老師，不只講課，還擔任社團活動的指導老師，主持會議和讀書會等等，忙得連睡覺的時間都沒有。我失去了固定的收入，可能增加了你的心理壓力，又或許是你剛好處於更年期也未可知。

總之等我發現的時候，你已經常常陷入沮喪之中，終於有一天半夜到我工作室來，開始哀嘆「不管怎麼努力工作……」之類的話。

「『活過的證據』是什麼呢？」

我蓋上鋼筆的蓋子，轉身面對你。「比方說是怎樣的東西？」

「比方說小孩。」

你這麼說。但我們倆沒法有孩子這件事是早就知道的。

「我並不贊同小孩是父母活過的證據這種想法。」

我說。「小孩跟父母不一樣，完全是獨立的個體，並不是為了填滿父母的人生才出生的不是嗎？」

「話雖如此……」

你眼中浮現淚水。「你的作品可以稱得上是自己的孩子，所以才能這麼爽快。就算你死了，你的作品總會留下一兩本在哪個圖書館裡。」

「我說你啊，書是沒有生命的東西好嗎。我從來不覺得我寫的東西是自己的孩子。要這麼說的話，你教的學生才像是你的孩子，不是說一日為師終生為父嗎？而且學生是有生命的，算算你到現在教過的學生，不知道有多少孩子了。」

我跟你講理安慰你，但你只哀傷地搖搖頭，走出了房間。

要是沒選擇跟我一起生活的話，你或許可以有小孩。想到你失去的選擇，我不禁覺得你太可憐了。

但是就算我們倆可以生孩子，過了五十歲還努力做人也太辛苦了。這麼多年我們倆都一起過來了，為什麼現在才提孩子的事？我們倆忙碌依舊，年紀又越來越大，你可能寂寞不安了吧。

我重新拿起筆來，打算寫到一個段落，但你消沉的面容不斷在我眼前浮現。我決定今晚就寫到這裡，關了工作室的燈，來到走廊上，家中一片沉寂。我心想是不是下雪了，從走廊的窗戶往下望著庭院，但只有被月光照亮的地面。

你不在寢室裡。難道你又起了什麼奇怪的念頭？我急急下了樓，走進廚房。就在這個時候，之前沒有人的庭院似乎有點動靜。

我拉開被客廳小窗絆住的窗簾，下個瞬間我拉開窗戶光著腳奔進院子。我清楚地看到自己呼出的白而濃密的氣息。

你把繩子掛在柿子樹上打算上吊。就在你踢倒啤酒箱的同時，我衝上去緊緊抱住你的身子，把你撐起來。

「你在幹什麼！」我大叫。

我抱著你腰下的地方，使盡渾身力氣撐住你。我的額頭剛好抵在你胸前，感覺到你的心跳和體溫。

你無言地把手放在我的頸子上，然後你使勁勒住我。痛苦、難堪和滑稽讓我幾乎嗚咽起來。這世界上怎麼會有我這種傢伙啊，為了阻止別人自殺，反而被搖搖晃晃掛在樹枝上的人勒住脖子。

要是我被勒死鬆了手的話，就表示你也會死。我奮力用腳把倒下的啤酒箱勾過來。

「且慢，且慢啊。」

我設法抬起頭，月光在你身後發亮，你望著我，表情安詳平和到簡直不像是正在勒死我一樣。「總之先把腳放在這裡。」

我帶著滿臉的眼淚鼻涕哀求。你大概是被我打動了，像仙女下凡一樣從腳尖開始慢慢站在啤酒箱上。你的手鬆開了我的脖子，我把兩手撐在膝上嗆咳不已。

你想尋死，並且要我跟你一起死，真是個非常不好的習慣。

緩過氣來之後，我小心翼翼地站到啤酒箱上，從你背後伸手解開繩圈。你可能是一時的激情已經褪去，老老實實地站著不動。

解開繩子之後我終於安心了，更加用力地抱著緊貼著我的你。

我們的影子映在深夜的地面上，宛如被風吹動的蓑蛾，宛如海中徬徨的怪魚，陰暗地搖擺晃動。

在那之後，我盡量不在你面前觸及小孩的話題。朋友跟認識的人抱孫子了；我對最近虐待兒童的新聞的看法，都注意不要不小心地在飯桌上說出來。

更有甚者，電視上在播朝顏市的新聞我就立刻轉台，我去京都也不會買香回來當伴手禮，也絕對不用香水之類的玩意。

我並不是心不甘情不願地這麼做。因為要跟你共同生活有此必要，我很樂意注意這些事情，連小魚乾我都盡可能快速地囫圇吞棗。

怎麼樣，你說的「要是那個時候死了就好了」的時候，是不是跟我說的吻合呢？我希望被我說中了。

如果說中了，我想問你，你真的覺得我們那個時候死了就好了嗎？

你大概第五十八次的「要是那個時候死了就好了」，我當然知道是抱怨，不是認真的；但是我雖然覺得你很煩，同時也感到不安。

要是你真的後悔了的話，那我該怎麼辦呢？

從你我現在的健康狀況比起來，我顯然會比你早死。

要是你出乎意料地比我早死，那就沒有任何問題。我會照顧你，咀嚼著我們的回憶，等待生命走到盡頭。

但要是跟預期一樣我比你早死的話，我怕你會隨我而去，因為你覺得一起死去是愛的證明。當然那是你的一種交涉手段，也是表達心情的方式，在對我的不滿和怨懟累積到某種程度時的爆發；這我很清楚。

到了現在，你對我的執著和激情也都消耗殆盡了吧，或許不會隨我而去。你或許會輕笑著說，你死了的話我就可以隨心所欲了。

那樣的話也好。

我一次都沒有用言語表達過我對你的感情。我對令尊說「請允許我們交往」，但卻沒有明白地跟你表達過我的好感。當然那個時代不流行告白，我也相信不說出口你也知道。

只不過我想在拋下你孤單一人之後，最後把我的感情付諸形式。於是我忍耐著你的各種囉唆：「你在工作嗎？」「熬夜對身體不好，你已經不是可以勉強自己的年紀了。」在這幾天費心寫下了我們的過去。我的眼睛疲勞現在已經到達極限了。

我希望我死後你能看到電腦裡的這篇文章。我擔心你不會用電腦，拜託了相熟的編輯，要是我死了的話，立刻來整理我的電腦。

你看到這篇文章，要是心裡對自己和人生有一絲後悔的話，我希望你能拂去一切悔恨，好好生活下去。

「要是那個時候死了就好了。」

你如是說道。我們倆確實有好幾次接近過死亡，要是兩人選擇死亡的話，就從所有苦惱中解放，愛情就這樣完美地開花結果，世間還會寄我們予些許同情也未可知。

但我還是覺得我們選擇活下來是正確的。

把「死吧」「死吧」像口頭禪一樣掛在嘴上，還差一點就實行了，但最後不知怎的在情勢的發展和氣氛下還是沒死成。

我們現在連要打開佃煮海苔的罐子都很辛苦，爬一下階梯膝蓋就會痛，已經老得無法打開早已無害的氫酸鉀瓶子，或是把繩子掛在柿子樹上了。

到了這個地步，才第一次能確定地說，你非常重要。超越了喜歡跟愛這種濫情的言詞，連你的抱怨和囉唆都包含在內；你對我非常重要。

認識了你，跟你一起生活，我才品味到活在這個世界上全部的意義和感情。要是我對你而言也是這樣的存在就好了。

猶如太陽般的白球變成你射出的光輝箭矢，現在仍深深地插在我的胸口裡。

把我火化的話，那天我看到的那枝愛情的箭就會出現吧。在我的骨灰裡找找看。

把它敲碎了做成漂亮的首飾，或是飄向天空變成星星，或是代替你掉落的牙齒植入嘴裡，任你隨意處置。

我的一切都屬於你。跟你度過的漫長歲月，我的生和我的死，一切都屬於你。

第三站

初盆的客人

無論怎麼違背常理，

我覺得世界上要是有這種不可思議的事就好了。

阿梅奶奶在夢裡吃了丈夫給的瓜，就懷孕了。

你們在蒐集奇特的故事和傳說嗎？最近的學生們調查的事情還真有趣呢。

這附近確實有很多古老的住家，如各位所見，我們家也很破舊了，古老這一點我是滿有自信的啦。

唉呀，謝謝。我們的確是世代種田的農家，很可惜的是我爸媽都下田去了。祖父在我出生之前就已經過世，我祖母四年前也去世了，所以家裡現在沒有能講狐狸新娘，白鶴報恩之類故事的人。

但是既然你們大老遠從東京的大學來調查，如果不嫌棄的話，我可以講我自己親身經歷過的、有點不可思議的故事給你們聽。

或許沒辦法當成民俗學的研究對象就是了。

我的年紀大概比各位同學大上一輪，雖然沒有非常年輕，但也沒有很老。我這一代已經很習慣使用電腦、手機之類的東西；完全不在乎迷信，在電視上看到超能力者也覺得都是騙人的。

雖然這樣，我還是碰到了完全沒法解釋的事情。

這不是村裡的老人代代相傳的故事耶，這樣也可以嗎？

那個男人是在阿梅奶奶初盆[2]的時候到家裡來的。

這附近是長野中央，地勢也很高，在盂蘭盆節的時候天氣已經很涼了。即便如此，站在門口的男人穿著黑西裝繫著黑領帶，看起來很熱不說，還有點太過正式。他的西裝嚴謹得簡直有點土氣，村裡的人初盆時到家裡來上香的時候，通常都隨便穿穿的。

我在這裡出生長大，然後趁著上短大的機會搬去了東京，就在那裡上班。但當時我跟交往的男朋友分手了，我們本來已經打算結婚，所以我有點難過，就趁著盂蘭盆節放假時，回老家來轉換一下心情。

村子裡幾乎沒有過了三十歲還單身的女性。我爸媽雖然什麼也沒說，但左鄰右舍的眼光真的很煩，也不是沒有覺得很鬱悶的時候。然而許久沒回老家了，我想悠閒一下，而且正好碰上阿梅奶奶的初盆。

我祖母非常疼愛我。

為了參加阿梅奶奶的初盆，親戚們都到家裡來了；我的姑姑和表兄妹，我在東京工作的弟弟也回來了。

2 指親人去世後，七七四十九天的法事結束後的第一次盂蘭盆節。盂蘭盆節為日本傳統節日，各地日期不盡相同，但大部分是陽曆八月十五。

但是那個男人來訪的時候，家裡其他人都不在。就跟今天一樣。

我弟弟好像是跟朋友們出去玩。我爸媽跟三個姑姑帶著他們的小孩，不是去幫忙準備夏天祭典，就是分頭拜訪鄰居。對了，我可能是因為回家鬆了一口氣的緣故，前一天晚上發起燒來，所以就讓我留在家裡看家。

今天？今天沒問題啊。我自己看家是因為在休產假。已經八個月了，但還是看不太出來吧。我結婚之後就辭掉了東京的工作，回來跟爸媽一起住在家裡。哎喲，討厭，我失戀的對象跟結婚的對象不是同一個人啦。哈哈，對，他入贅。我弟弟說不想住在鄉下。我先生就在隔壁鎮上的公司上班。我是郵局的約聘員工，等孩子生下來安定點之後，我打算再回去工作。

我剛剛說到哪裡了？啊，對。

穿著黑西裝出現的男人說：

「我是及川梅女士的遠親，我叫石塚夏生。我想到故人牌位前上個香。」

他大概三十歲，是個身材削瘦，非常挺拔的帥哥。

不過我不是因為這樣才讓這個自稱石塚夏生的男人進來，讓他上香的。我從來沒有聽說過我們有姓石塚的親戚，但人家在初盆的時候來上香，總不能趕他回去吧。我不覺得會有人趁初盆的時候假裝要來上香，到這種山村裡的人家來搶劫。這個村子裡很多人家都不鎖門的。

阿梅奶奶在佛堂裡的遺照中微笑。寫著阿梅奶奶新戒名的牌位跟其他祖先的牌位並列，前面供著許多水果和點心。

石塚在佛壇前面跪坐，從口袋裡拿出念珠，雙手合十默禱了許久。佛壇兩邊的長明燈照亮了石塚青白的側面。我在佛堂旁邊的三坪小房間裡準備泡茶，一面偷偷窺伺石塚的樣子。最後石塚終於轉過身子，踏著榻榻米走過敞開的紙門，進入三坪的小房間。我端出冷麥茶和配茶的點心，石塚行了禮在矮桌前坐下，又是正襟危坐。

「請放輕鬆隨便坐。」

我雖然這麼說，但石塚完全沒有放輕鬆的意思。他說了聲「不好意思。」端起茶杯做了個樣子，點心則完全沒動；雖然非常客氣有禮貌，但還是讓人覺得太過嚴肅。

老爺座鐘的黃銅鐘擺來回搖晃，指針沉重地移動。我耐不住沉默，開口說：

「很不巧，家父不在。我十幾歲的時候就離開這裡了，跟親戚們都不太熟。石塚先生跟我祖母是怎樣的親戚關係？」

石塚好像遲疑了一下子，然後抬起臉來直視著我。

「令祖父是及川辰造先生吧？」

「是的，他已經過世很久了，我並沒見過祖父。我叫做及川駒子，家父寅一是辰造爺爺的長男。」

「那我跟您是姑表兄妹了。」

我完全搞不清楚這到底是怎麼回事。阿梅奶奶跟辰造爺爺生的孩子只有我爸爸跟爸爸的三個妹妹。父親這邊不用說了，我母親那邊也並沒有姓石塚的親戚。我的表兄弟姊妹我都認識。我以為我都認識。

「很抱歉讓您混亂了。」

石塚微微低下頭。「我想令尊可能知道，及川梅女士在跟辰造先生結婚之前，曾經跟別的男人結過婚。跟我的……祖父。石塚修一。」

「哎呀。」

我驚訝得一時之間說不出話來。「我第一次聽說哩。」

「應該是這樣的吧。阿梅女士——也是我的祖母，我也可以叫她阿梅奶奶嗎？她跟及川辰造先生再婚，是有點源由的。」

以前不知道的表親突然出現，讓我有點興奮。總是優雅穩重的阿梅奶奶好像有不為人知的過去，這也刺激了我的好奇心。我跟自稱表親的石塚問道：

「是怎樣的源由？」

「我會說明，但也請跟我說說阿梅奶奶的事，我想瞭解一下這個家裡的氣氛。」

石塚舉目環視三坪小房間、佛堂，和有著大柱子的玄關。「跟你稍微聊聊，就知道家裡的人都喜歡阿梅奶奶，她過得很幸福。但是我在阿梅奶奶生前幾乎跟她沒有接觸，我想知道她過著怎麼樣的日子，最後臨終時的情形，請詳細跟我說說。」

「嗯，當然。」

我回答。

蟬在外面好像要抵擋秋天的氣息一般奮力鳴叫。

「我是從佐賀縣的唐津來的，我的家人親戚幾乎都住在佐賀和福岡。阿梅奶奶也是唐津出身，跟同樣是唐津人的石塚修一結婚了。當時阿梅奶奶二十歲，修一二十五歲。那是一九四三年，昭和十八年的事。」

石塚講的事情好像發生在離我們非常遙遠的世界。長野跟九州離得很遠，一九四三年也是非常非常久以前了。阿梅奶奶是怎樣變成我認識的奶奶呢，我專注地聽著石塚的話。

「阿梅奶奶的婚姻生活非常短暫。修一結婚後立刻應召入伍，被派到戰場上。阿梅奶奶抱著剛出生的孩子，也就是我父親綠生，等著丈夫回來。但是戰爭結束的第二年，從南方回來的退伍軍人傳來了修一戰死的消息。」

「怎麼會這樣……所以阿梅奶奶就再婚了是吧。」

「是。婆媳關係不好，她在石塚家日子很難過吧。她留下了年紀小小的綠生，嫁給了長野的及川辰造先生。」

阿梅奶奶不得不拋下兒子，心中該有多難受啊，想著連我也難過起來了。

我爸爸在區公所上班，媽媽忙著下田，我跟弟弟等於是阿梅奶奶帶大的。阿梅奶奶又堅強又溫柔，是我們最親近的大人，也是玩伴。她非常重視家人。

即便如此，至少我從沒聽過阿梅奶奶提過綠生先生。他是我爸爸的異父兄弟，也算我的伯父。

我覺得阿梅奶奶一定一直都在心裡叫著綠生先生的名字吧。

「但是阿梅奶奶為什麼要不遠千里從唐津嫁到長野來？我的祖父辰造跟石塚先生認識嗎？」

「石塚修一跟及川辰造先生是表兄弟，修一的父親和辰造先生的母親是兄妹。因為這層關係，才決定了阿梅奶奶再婚的對象。」

我一時之間搞不清楚，不由得嘆了一口氣。

「不畫出族譜還真搞不懂。」

「的確是。」

石塚笑著說。「您跟我是表親，我們的祖父也是表兄弟。」

「總而言之我們是遠親就是了對吧。」

「是的。」

石塚仍舊沒碰配茶的點心。「阿梅奶奶是病逝的嗎？」

「是肺癌。享年八十四歲。阿梅奶奶是老菸槍。」

我突然想起，把供在佛壇前面的Golden Bat拿過來。「她一直都抽這個牌子。」

「真懷念。現在還有啊。」

「嗯。我小時候常替她跑腿買菸。我爺爺辰造也抽這個牌子。他也是肺癌，大概四十歲就去世了。」

我把香菸放在矮桌上，石塚帶著親切的神色望著那包菸。我想起了阿梅奶奶的種種，話匣子打開就關不上了。

「阿梅奶奶非常會做女紅，每年夏天都替我們做新的浴衣。我的家政課作業全部都是阿梅奶奶幫我做的，抹布啊、圍裙啊、裙子什麼的。而且她膽子很大，連蛇都敢抓，用抓到的蛇釀蛇酒，賣給附近鄰居賺點零用錢。」

「真是有趣的奶奶啊。」

「是啊。我去東京之後，就很少見到她了……我聽說奶奶情況不好，急忙趕回來時，已經來不及了。但是她年紀大了，病情惡化得也比較緩慢，一直到最後應該都沒有受什麼苦。」

話雖如此，病魔侵犯到肺部，不可能不痛不癢。阿梅奶奶很堅強，一定一直咬牙忍耐，但我的聲音卻顫抖起來。石塚只默默聽著。

「我父親跟姑姑們也都哀嘆說：『竟然跟爸爸抽一樣的菸，因為同樣的病而死。』簡直像是重現辰造爺爺的死法一樣。」

「阿梅奶奶跟辰造先生夫婦感情很好吧。」

「好像是的。我覺得阿梅奶奶是看透了一切，甚至可能是希望跟辰造爺爺得同樣的病才這麼做的。」

「好嘗到一樣的痛苦？」

「分擔同樣的痛苦，然後前往辰造爺爺在等她的死後世界。這只是我的胡思亂想啦。」

石塚略帶寂寥地微微一笑。

然後我才驚覺，我剛剛說的話可能不太得體。這好像是說阿梅奶奶只想著辰造爺爺，完全忘了前夫石塚修一先生似的。石塚是修一先生和阿梅奶奶的孫子，這話他聽起來一定很刺耳吧。

為了正確陳述事實起見，我詳細地描述了阿梅奶奶的死因。

「啊，剛才忘了提，阿梅奶奶的死因除了肺癌之外還有另外的原因，她也是餓死的。」

「餓死嗎？這也太不尋常了。」

石塚似乎很驚愕。「好吧，我想沒有什麼死因是尋常的，但那到底是怎麼回事呢？」

「那是……阿梅奶奶在去世前十天，就拒絕接受任何食物。她意識很清楚，吃的雖然是流質食品，但也不是沒有吃東西的力氣。可是她只說『已經不用了，謝謝。』然後就不肯開口。給她打點滴她也立刻就把針頭拔掉。」

我接到奶奶病危的消息，從東京直接趕到醫院的時候，阿梅奶奶已經成了皮包骨，靜靜地躺在病床上。想到當時的情景，我不禁淚濕眼眶。

「家人都聚集在病床旁邊叫她，阿梅奶奶微微睜開眼睛，但她好像已經認不得我們了。

她只望著空中，微微地點了兩三下頭，然後就閉上眼睛。她發出嘶——的一聲細微的呼吸，然後就去了。這就是阿梅奶奶臨終的情形。」

「這樣啊。」

石塚把兩個拳頭放在跪坐的膝蓋上，低頭沉吟了一會兒，然後再度轉向我。「打攪這麼久真的不好意思，但聽您剛才的敘述，我想起一件事要跟您說。」

「跟阿梅奶奶有關的話我都想知道。請告訴我。」

「我……的父親緣生，」石塚好像難以啟齒。「可能不是石塚修一的兒子也說不定。」

我花了好一陣子才會過意來。

「您說什麼?!」

我不由得大聲驚呼。「您是想說阿梅奶奶紅杏出牆嗎？」

「我相信不是這樣。不，我想相信不是這樣。」

石塚終於不再正襟危坐，他低著頭盤腿坐著。「請聽我把話說完，然後再告訴我您的想法。」

石塚如此說道，然後告訴我一個非常不可思議的故事。

差不多到了吃點心的時間了，喝茶吃煎餅好嗎？不是不是，我沒有要賣關子吊你們胃口，講講話肚子就餓了。

這麼說來那時候石塚也說，「請不要打岔啊。」那時也剛好是點心時間，我到廚房去拿了煎餅回來。下了決心要聽石塚說明這是怎麼回事，就覺得肚子餓了。

石塚本來有點掃興地說，「我就要開始講了，您怎麼現在要去拿點心呢。」但是我說：「肚子餓了就沒有辦法專心聽您說話。」他便釋懷地笑了起來。

我雖然請石塚吃煎餅，但他還是沒吃。我以為他大概不吃零食，但在客人面前自己吃點心，還是覺得很不好意思。

來，各位不用客氣。在村裡走了一整天吧。冷麥茶也還有，隨時可以加喔。

「『肚子餓了不能打仗』，果然是真理。」石塚望著吃煎餅的我說道。石塚面前的麥茶杯子外面已經不再淌水滴，茶都溫了。

「我剛才說過了，我的祖父石塚修一跟阿梅奶奶的婚姻生活非常短暫。事實上好像只有一個晚上。」

「一個晚上？為什麼只有一個晚上？」

「修一收到召集令，第二天早上就要出發。他們是在出發前一天晚上匆忙地舉行了婚禮，當時這種事情很常見。」

但只有一個晚上，沒有時間瞭解彼此也沒有愛吧。第二天早上就要出征，可能就這樣不回來，這種夫婦感覺像是家裡安排的婚姻。雖然做父母的可能覺得「不能讓兒子就這樣單身上戰場」、「年輕男人都不在了，要是女兒嫁不出去就糟了」，但這種做法還是太過分了。

「所以令尊綠生先生不是那天晚上留下的孩子嗎？」

我自覺說得很露骨，不由得臉紅起來。

「很可惜，日子算起來不對。」

石塚望著自己盤坐著、包著黑色褲管的小腿脛。「阿梅奶奶的婚禮是一九四三年十月。綠生是戰爭快結束的時候，一九四五年八月出生的。」

我在腦子裡算了一下，立刻心情低落。

「那阿梅奶奶果然是……」

「出軌——當時可能叫做偷情吧——大家都覺得她出軌了。阿梅奶奶跟婆婆處得不好是從綠生出生後開始的。阿梅奶奶跟她周遭的人，都在鄰近生產的時候才發現她懷孕了。」

「會有這種事嗎？」

「可能肚子沒有很大，或者覺得只是身體不好，還真有很多產婦到後期才發現自己懷孕的。但是阿梅奶奶堅稱綠生是修一的兒子。」

「這果然很難說服大家。」

「阿梅奶奶說她不記得跟丈夫以外的男人私會過，所以她做夢也沒想過自己會懷孕。這樣一來，一直到生產前都沒發現懷孕也就說得過去了。」

「既然這樣，那為什麼堅持修一先生出征之後快兩年才出生的綠生先生，是修一先生的兒子呢？一九四三年十月到一九四五年八月都懷著小孩，實在令人難以置信。」

「的確。但也有人相信阿梅奶奶的話。原因之一是綠生雖然是小嬰兒，但一眼就能看出跟修一長得一模一樣。另一個原因是，從綠生出生的時間往回推算可能的懷孕時間，也就是一九四四年十月時，阿梅奶奶說她做了一個夢。」

「晚上做的那種夢？」

「對。阿梅奶奶在早飯的時候，很高興地跟公公婆婆說：『修一先生一定沒事的。我昨晚做了個夢。修一先生在不知道是哪裡的森林裡，看見我就笑著招手叫我過去，給了我一個很大的瓜。我把瓜切開來吃了，瓜囊是好像透明一樣的白色，又甜又有水分，非常好吃。我遞了一半給修一先生，但他只搖搖頭，叫我都吃了，所以我就連籽也一起吃下去。啊，正覺得有點苦的時候，就醒來了。日本沒見過那種有大黑籽的瓜。』」

這麼詳細描述吃了一個瓜的夢境，阿梅奶奶在戰爭期間一定常常餓肚子吧。

「這件事阿梅奶奶的公公——也就是修一的父親——記得很清楚。因為綠生長得跟修一一模一樣，公公就想起了她說過的夢，『原來如此啊。』吃瓜的夢不就是懷孕的象徵嗎。兒子修一在夢裡來跟媳婦見面了，公公承認綠生是修一跟阿梅奶奶的兒子。阿梅奶奶再婚的時候不得不拋下綠生，是因為公公不肯放手，他說：『綠生是修一的兒子，是石塚家的繼承人。』」

我還是覺得這事令人難以相信。做夢不可能懷孕吧。雖然我不想承認阿梅奶奶有外遇，但只共度過一晚的丈夫上了戰場，有別的男人接近她身邊也無可厚非。我心裡這樣替阿梅奶奶找藉口。

「這個故事您是聽誰說的？」

我問石塚。「是令尊綠生嗎？」

「不是……父親在我一歲的時候就意外身亡了，正好是我現在的年紀。這是我聽母親說的，母親是聽她先生綠生說的，綠生是從修一的父親，也就是阿梅奶奶的公公那裡聽說的。」

「所以這個故事是石塚家的人代代相傳的。果然很不可思議。」

「阿梅奶奶說綠生是修一的兒子，您完全不相信呢。」

石塚看透了我的心思，微微笑道。「這也難怪。但是更不可思議的事情還在後面。」

石塚修一先生戰死的訃報是在戰爭結束後，一九四六年的三月傳來的。阿梅奶奶本來就已經在眾人嚴厲的目光下過日子了，她聽到丈夫的死訊，終於臥床不起，應該是因為連最後的一線希望也斷絕了吧。

「但是那時候對阿梅奶奶的批評反而減弱了一些。」

石塚如是說道。「送來修一戰死訃報的是跟他同一個部隊的同袍。他們被派到一個叫做布干維爾的南方小島上，好像是這個男人替修一送的終。他們在布干維爾島上持續和美軍進行小規模交戰，日軍補給路線被切斷，陷入困境。戰爭結束後這個男人好不容易回到了日本，但修一先生一九四四年十月在島上餓死了。」

「餓死？而且是一九四四年十月？」

這只是單純的偶然嗎？阿梅奶奶毅然決然地選擇了餓死，一九四四年十月是她說做了吃瓜的夢的時候。我充滿了興趣。石塚看見我停止吃煎餅，把身子往前探，好像稍微高興起來。

「根據那個男人的說法，修一在去世的前幾天，曾經說過做了一個瓜的夢。」

「咦？」

我大吃一驚。這難道是說修一先生在同一天跟阿梅奶奶做了同一個夢嗎？我雖然不知道布干維爾島在什麼地方，但絕對比唐津和長野之間的距離遠得太多了。

「修一那時已經非常衰弱，他跟那個男人說了他做的夢。『我太太到這裡的叢林裡來了，嚇了我一跳。就是我們部隊以前開墾過的，從東邊斜坡稍微過去一點那裡。我看她精神不錯，鬆了一口氣。我把一顆剛剛摘下的瓜給我太太，她吃得很開心。她分了一半要給我，但我叫她都吃了。她連很大的黑籽一起吃了下去。很奇怪吧。』男人把修一的遺髮放在佛壇前，一面哭一面說：『石塚一直掛念著留在日本的家人。他染上熱病，沒有東西吃，瘦得不得了，但在夢裡卻連瓜也不吃，很高興地說都給太太吃了。他真的非常愛太太，一直到死都牽掛著。』聽到男人的話，阿梅奶奶跟她公公婆婆都放聲大哭。」

「竟然有這種事嗎？」

我又問了一次，覺得自己才好像在做夢。石塚回答，「我不知道。」

「只不過這個男人一九四三年跟修一一起被徵召入伍，到一九四六年三月回來之前，一直都沒有回過日本。他不可能跟阿梅奶奶串通好了口徑一致。」

天已經快黑了，但家裡人都還沒回來。我在三坪的小房間裡，跟石塚面對面默默地坐著。線香濃厚的味道從隔壁的佛堂飄來。

「雖然如此，阿梅奶奶跟婆婆之間的芥蒂並沒有消失，最後還是嫁給了長野的及川辰造先生。」

石塚靜靜地說。「您聽了我剛才說的話，有什麼想法呢？」

「我不知道該怎麼想才好。」

我困惑不已。從常識看來，阿梅奶奶跟修一先生做了同樣的夢只是偶然。綠生先生是阿梅奶奶跟別的男人生的孩子。

綠生先生跟修一先生長得一樣也有各種解釋。要是阿梅奶奶的對象是石塚家的某一個人，雖然很背離倫常，但如果是修一先生的父親的話，那綠生先生跟修一先生長得像是理所當然的事。但是……

「我還是覺得阿梅奶奶並沒有出軌。」

我對石塚坦白地說出自己的想法。無論怎麼違背常理，我覺得世界上要是有這種不可思議的事就好了。不，世界上確實有這種不可思議的事吧。

阿梅奶奶在夢裡吃了丈夫給的瓜，就懷孕了。

「石塚先生其實也是這麼想的，不是嗎？」

我反問道。石塚粲然一笑，剛才說「我想相信」的煩惱模樣好像是假的一樣。

「是……是的。阿梅奶奶並沒外遇，我是阿梅奶奶跟修一的兒子，不對，是孫子。你跟我是因為阿梅奶奶而結緣的姑表兄妹。是吧？」

「是的。」我也笑起來。但是我突然想起一件事，覺得有點難過。我低下了頭。

石塚好像察覺了我心情的變化。

「怎麼了？」他窺探著我的臉。

「我突然想起來……阿梅奶奶去世之後，我們家的人說了：『辰造爺爺去世都四十多年了，阿梅奶奶卻好像要追隨他而去那樣，模仿他的死法。』」

「是這樣吧。」

「不，不是的。我覺得阿梅奶奶拒絕進食，是要追隨已經死了六十幾年的修一先生而去。」

想到阿梅奶奶愛石塚修一先生勝於我的祖父，讓我覺得有點難過。我們以為阿梅奶奶只屬於我們，我沒見過的辰造爺爺現在應該也很驚訝吧。他一直等待妻子來到自己身邊，但妻子卻到前夫那裡去了。辰造爺爺不要在那個世界抓狂就好。我嘆了一口氣。

石塚望著佛堂的遺照，若有所思。

「一定要從兩人中間選一人嗎？」

他小聲地說。

「什麼？」

「阿梅奶奶應該沒有選哪一個人。她愛辰造先生，也愛修一先生。這樣想如何？」

我聽懂了石塚話中的意思，心情愉快起來。

「阿梅奶奶無法從兩個丈夫裡選一個，所以她學辰造爺爺抽菸，不管是有意還是運氣不好，竟真的得了肺癌。她知道自己快死的時候，決定要跟修一先生一樣，於是不再吃東西。她對兩個丈夫的愛是相同的，同等地追隨先夫的腳步。石塚先生的意思是這樣吧？」

「是的，這是我的想法，是不是錯了呢？」

阿梅奶奶到底在想什麼，還是什麼也沒想，事到如今誰也不知道了。兩個丈夫她比較愛誰；還是無法比較，兩人一樣愛，這也沒人知道。

但是我非常中意石塚的想法。

「我覺得非常好。」

我回答。「雖然丈夫去世都幾十年了，才追隨他們的腳步而去，阿梅奶奶也太悠閒了。」

「不是隨他們的腳步，而是有時差的殉情，這樣想如何呢？」

石塚好像開玩笑般說道。我這次真的打從心底笑出來。

「花了幾十年才完成的壯舉，三個人一起殉情。」

這是阿梅奶奶深愛著兩個丈夫和子孫，得享高壽才能完成的壯舉吧。

確認了阿梅奶奶的愛情，石塚和我都心滿意足。

「石塚先生，今晚請在寒舍過夜。家父應該很快就回來了，現在我姑姑跟表親也都休盂蘭盆節的假在家裡。他們知道石塚先生來了一定都很高興。當然，在那個世界的阿梅奶奶也會很高興的。」

「謝謝，不用了。是我突然上門打擾，請不用介意，而且我沒辦法待太久。」

「啊，真是太可惜了。您之後有約嗎？」

「算是吧。」

石塚打量著我的臉。「對了，您……」

「我叫駒子。」

「沒錯。駒子小姐結婚了嗎？」

好不容易忘記的傷口又給人撒了鹽，我在心裡哀嚎起來。

「沒有。」

「要是能找到好對象就好了。」

「那石塚先生您呢？結婚了嗎？」

「我結婚了，很久以前就結了，還有兩個小孩。」

我那時完全不想碰結婚的事情，於是若無其事地便轉移話題。

「您要回去的話要去車站吧？最後一班巴士是五點四十分，我開車送您去車站好了。」

「不了，謝謝。」

「請別客氣，還是您留下來住？」

「那也有點……」

「那就這麼決定了，請等我十分鐘，我得先去替電鍋定時。」

我走向廚房，石塚開口說：

「我可以抽這包菸嗎？算是紀念阿梅奶奶。」

「請隨意。」

我回答。「矮桌上有菸灰缸和打火機。」

我聽到石塚在三坪小房間裡使用打火機的聲音。

嗯，佛堂的那張遺照就是阿梅奶奶，看起來很慈祥吧。旁邊的照片是辰造爺爺。我現在也還認為阿梅奶奶是在夢裡懷孕的。她刻意模仿辰造爺爺和修一先生的死法，花了幾十年的時間跟兩個丈夫一起殉情。

或許有人會覺得阿梅奶奶腳踏兩條船。現在的確已經沒辦法知道她到底愛哪個丈夫比較深，但是愛情或許就是這樣令人無法取捨的東西。

對了，我剛才的故事還沒講完。你們有時間嗎？這樣啊，你們是租車來的。那我就把故事說完。

石塚在三坪小房間裡——就是我們現在所在的這個房間——抽了Golden Bat。我在廚房設定了電鍋的定時器，拿著車子鑰匙回到這裡。

但是石塚已經不在了。沒有喝過的麥茶杯子，沒有碰過的配茶點心都在原位，只有石塚不在了。矮桌的菸灰缸上點燃的菸還沒變短，只飄著一縷細細的白煙，好像只是剛剛放在菸灰缸上那種感覺。

要是去洗手間，應該也會跟我說一聲吧。我急急在家裡繞了一圈，但到處都不見石塚的蹤影。

我覺得毛骨悚然。就算他是我在廚房的時候回去的，也一定會經過玄關走出大門，我絕對會發現的。至於廚房各位也看到了，並沒有緊關著門，而且空間也不是很大。

嗯，當然也有可能是從這個房間的窗子出去，直接到院子裡。但是他的鞋子怎麼辦呢？石塚在玄關脫了鞋才進來的。他如果去拿鞋子，我應該也還是會注意到。

石塚突然不見了，他的鞋子也不見了。

我是在做夢嗎？我還有點發燒，是產生了幻覺嗎？但是點燃的菸跟我端出的麥茶都在矮桌上，這顯然表示有客人來過。

我無法解釋發生了什麼事，只呆呆地坐在三坪小房間裡。我爸媽跟姑姑們終於回來了。我腦袋仍舊一團混亂。我跟他們說了事情的經過，大家似乎都非常驚訝。最後我父親說：

「阿梅奶奶在嫁給老爸之前，確實曾經是唐津的石塚先生的媳婦。留在那裡的孩子好像是叫緣生沒錯，老媽幾乎從來不提，我也不太清楚這個異父哥哥的事。緣生先生大概三十年前就去世了，他的太太跟我們聯絡過。老媽好像是有所顧忌，還是覺得拋棄兒子自己有錯，結果並沒有去參加葬禮。」

我拜託父親告訴我唐津石塚家的聯絡地址。石塚夏生一聲不吭就離開了，讓我無法釋懷。

綠生先生已經去世三十年了，父親知道的聯絡地址可能已經住著別人也說不定。要是沒有搬家的話，到長野來的石塚夏生應該還沒有回到唐津吧。

即便如此我仍舊坐立不安，打了陌生的市外電話到唐津的石塚家去。

「喂，石塚家。」

聲音聽起來跟我年紀差不多的男人接了電話。太好了，他們好像沒搬家。我鬆了一口氣，吞吞吐吐地說明了事情經過，請接電話的人轉告，等石塚夏生先生回去之後，請他打電話給長野的及川家。

「我不太明白您說的意思。」

電話那一端的男人用帶著警戒心的聲音說道，「我就是石塚夏生，長野的話我從高中課外旅行之後，已經十五年沒去過了。」

我感到頭暈目眩。

在家裡待到黃昏的石塚夏生，和接電話的石塚夏生聲音完全不一樣。要是接電話的男人說的是真的，那到家裡來的石塚夏生到底是什麼人呢？

我放下話筒，恐怖和混亂讓我幾乎快哭出來了。我跟身旁的父親說了電話的內容。父親也非常驚訝，說他要自己打電話到唐津的石塚家去親自說明。一開始非常驚訝的石塚夏生應該也會明白這不是惡作劇電話吧。

「這件事我母親比較清楚，我請她來講電話。」

他說。之後綠生先生的遺孀和我父親講了很久的話。

八月最後的週末，我跟從長野來的父親在羽田機場會合，然後飛往九州。我們花了不少時間，終於在傍晚時分抵達了那座美麗的城下町[3]小鎮。

石塚家在離唐津站五分鐘車程的地方。出來迎接我們的石塚夏生，果然不是到我們家來的石塚夏生。來訪的石塚夏生身材高瘦，感覺十分嚴謹，但跟母親和兄嫂一起住在唐津的石塚夏生，是個身材壯碩個性豪爽的人。

我們進入整齊的客廳，我看見石塚家的照片，覺得一切的謎題都解開了。抱著兩個小兒子，笑著跟太太合照的綠生先生，三十年前就因意外死亡的綠生先生，就是到我們長野的家來的石塚夏生。

「所以冒用我的名字到及川小姐家去的，是我老爸的幽靈？」

真正的石塚夏生驚愕地眨著眼睛。「怎麼會有這種事。」

3 以領主居住的城堡為核心來建造的城市，現今日本人口十萬以上的都市多由城下町發展而來。

「你爸爸雖然看起來一本正經，但其實很愛開玩笑的。」

綠生先生的太太，也就是夏生的媽媽由美女士說。「對不起，亡夫給您添麻煩了。」在場的人都面面相覷，然後笑了起來。丈夫已經死了那麼久，還一本正經地替他道歉的由美女士很有趣；而大家都恍然大悟地覺得這樣啊，是綠生先生的幽靈啊，這也挺可笑的。

「我先生的母親離開他的時候他還很小，他一直很在意自己已經不記得的母親。」

由美女士止住了笑，靜靜地說。「母親到底愛不愛自己跟父親呢？現在是不是幸福地過著日子呢？他似乎很想知道。我想大概是因為這樣，他才去參加阿梅女士的初盆吧。」

「那也不要冒用我的名字啊。」

夏生插進來說道，大家又笑了起來。

「總不能自稱是已經死了很久的綠生吧。」

由美女士微微笑著，望向佛壇上丈夫的照片。

父親和我跪坐在佛壇前面，對著修一先生和綠生先生雙手合十。對不起，我們獨占了阿梅奶奶。但是阿梅奶奶一定一直都想著修一先生和綠生先生的，一直到最後一刻。

我回想起阿梅奶奶臨終時的眼神。她望著一無所有的空間，好像回應什麼人的呼喚一樣微微點頭。

修一先生、綠生先生和辰造爺爺來接她了。阿梅奶奶可能是這麼想的。

在那之後，我們接受石塚家的招待，愉快地吃吃喝喝一直到深夜。

「就算我爸很想知道，」夏生說，「也不用專程跑到及川先生家裡去嚇到駒子小姐啊。」

「這話怎麼說？」

「想知道什麼，就直接在那個世界問阿梅奶奶不就好了嗎？」

「哈哈，也是。」

我笑起來。「但是那個世界一定有那個世界的規矩。『不能問彼此的過去』之類的。」

「怎麼好像是情侶的規定啊。」

夏生說著也笑了。

這就是我不可思議的經歷，事情的所有經過。怎麼樣？對各位的調查有點幫助就好了。雖然不是奇特的傳說之類的，是不是浪費了你們的時間呢？

山裡就算是夏天也很快就天黑了。回去的路上開車請小心。調查結果整理出來請一定要讓我知道，我想這附近的人家應該都會買一本的。

啊，我先生剛好回來了。歡迎回來。這些是東京來的同學們，他們在做民俗學的調查。我來介紹，這是我先生及川夏生，舊姓石塚。

因為跟各位說的那件事，我跟我先生情投意合地結婚了。我們能這樣認識，都要歸功於綠生先生到我家來參加阿梅奶奶的初盆。

幽靈撮合的夫婦，很不錯吧？這應該也算是奇特的故事了。

第四站
你是夜晚

這是你的心，這是我愛你的心。
想快點跟你一起走，
到不需要米錢也沒有皸裂的世界裡
一起幸福地生活。
就我和你。

她從小就做著不可思議的夢。

因為不知道該用什麼言辭形容，所以稱之為「夢」；但對理紗而言，那其實是「另一個人生」。

她常常跟男人一起在陰暗的河邊走著。

星星在空中閃爍，露珠濡濕了草地，還可能降霜了，因為非常之冷。雖說有星光，但與其說是照明，不如說是讓人不安的微弱光線。呼出的氣息一定是白色的煙霧吧，但是連那也看不見。四下一片漆黑，只感覺到濕濕的草葉冰冷地拂過腳踝。腳上穿的柔軟舊布襪應該也沾上了泥巴，衣物則濕到了腳脛的地方。頭髮是今天早上才重新梳過的，也沒包著頭巾，露出的頸子和胸口都因為冷空氣而緊繃。

「不會冷嗎？」走在前面的男人出聲說。

她默默地搖頭，然後發覺他看不見，便伸手輕輕地握住男人的袖子。

對岸傳來報時的鐘聲。跟她一起走的男人名叫小平，沒有任何人告訴她，但她心裡很清楚。

理紗一直都以為每個人晚上都過著不同的人生。在睡眠的世界裡，大家都以跟白天不同的面貌和姓名生活著。

小學三年級的時候，她才終於發現好像並非如此。她一面吃早餐，一面跟平常一樣說著晚上跟小平生活的細節。

「不要說了。你這孩子真奇怪。」

她母親皺著臉說，聲音尖銳得讓理紗嚇了一跳閉上嘴。從那之後，她就不再試著跟別人說「夢」的事情。

父母、朋友跟老師閉上眼睛睡覺的時候，並沒跟醒著的時候一樣生活。夢好像只不過是夢而已。理紗雖然非常困惑，但這件事她只能獨自承受。

她沒辦法跟任何人說。「夢」裡的生活跟白天的生活一樣真實，好像只有理紗一個人這樣。

稍微長大一點之後，她也曾經想過「我是不是雙重人格啊」。她只要閉上眼睛睡著了，幾乎每晚都跟小平共同生活；早上醒來卻拿著書包上學去，跟朋友談笑，唸書考試。她得辛苦地轉換心情，來回於迥然不同的兩種生活之間。

到底哪邊是現實，哪邊是夢呢？

她跟小平住在「ㄈㄚˇ ㄔㄥˊ ㄩㄢˋ」的門前。「ㄕㄣ ㄔㄨㄢ」這個地名也不時出現。看起來像是江戶。他們住在非常簡陋的長屋其中一間裡，她跟小平一起蓋著薄薄的被子睡覺。沒有交錢人家不肯賣米給他們的時候，就到寺院前面大路邊的飯館後門口去撿殘羹剩飯，用井水把飯粒上的黏膩洗掉，然後泡著熱水吃。鄰居也都這麼做，並不特別丟人。大家在井邊一面愉快地聊天，一面淘洗發霉的飯粒。

她始終沒法看清楚小平長得什麼樣子。不是他剛好站在樹蔭底下，就是陽光太過刺眼；要不就是兩人默默地在黑暗的河邊行走。小平叫理紗「阿吉」。他每次這麼叫，阿吉胸中就充滿喜悅，覺得自己好喜歡好喜歡這個人。

阿吉也沒清楚看過自己的臉。她沒有鏡子，清澈的河面也總是波光粼粼，周圍的人都沒有說過她醜或是漂亮，所以大概就是普通的容貌吧。

只有小平偶爾會說：「你漂亮得很。」她雖然回道：「這個人真是，信口胡說。」但心裡其實很高興。小平的汗水滴下來，她伸出舌頭舔舐落在嘴角的汗珠，鹹鹹的。兩人相觸的潮濕肌膚好熱，舒服安適的感覺從她體內擴散。

理紗在小學上性教育課之前，就知道性是怎麼回事了。老師指著貼在黑板上的紙，說明陰莖、子宮等等的構造，她一面聽一面心想：「啊，原來那叫做性行為。」想在白天的世界裡也快點遇到小平的想法，可能就是從那個時候開始的。但她也擔心要是真的遇到小平的話，不知該如何是好。

阿吉跟小平為了尋死而在黑暗的河邊前進。

天馬上要亮了，不快點找個葬身之處不行。但她也不想死，河流和夜晚能永遠持續就好了。阿吉握著小平的袖子，焦慮和哀傷在兩人身上快速地流竄。

那是夢，理紗拼命說服自己，極力穩住慌亂的呼吸。教室裡隔壁位子上的朋友們困惑地問理紗問題，男生可能是要掩飾尷尬，大聲地叫道：「陰莖！」

初經來的時候，理紗把小熊圖案的手帕用剪刀剪碎，揉成一團塞進下體，因為她知道應該這麼做。過了一陣子母親發現了，聽到理紗的處理方法，露出非常厭惡的表情，好像看見了什麼非常恐怖的不明物體一樣。

理紗因為晚上跟小平一起生活，所以根本沒有休息的時間。她花了很多的精神轉換心情，白天總是在發呆。

朋友們都笑理紗是「白日夢大王」。國、高中的六年間，有好幾個男同學跟她告白過。「看起來好像有點憂鬱的樣子，其實只是在做白日夢而已。」朋友們如此取笑道。

上了中學以後，白天的生活跟「夢」裡的生活混為一談的事情也就少了。理紗晚上跟小平一起像夫妻一樣生活，她如此喜歡小平，白天不可能跟別的男人交往的。她雖然這麼想，但是嘴裡沒有說出來，也沒真的打算憑這份心意要在白天貫徹獨身主義。

即便如此，她拒絕了所有的告白並不是因為這個原因，而是因為顧不上跟別人交往。

她知道前世這個詞，電視上的占卜師說的。某人的前世是幕末的官廳會計、負責藩裡財政的武士；某人的前世是為了傳教賭上性命渡海而來的修道士；某人的前世則是住在森林深處的白狼等等。

一開始她覺得這根本說不通。她在生物課上學到細胞是一個一個的活體。每天每個小時構成肉體的細胞都在死去，然後又產生新的。細胞更新的速度要是跟不上，人就開始老化，最後不再更新，生命活動停止，人就死了。

人的一輩子細胞都在體內不斷產生。這樣的話，有前世是坂本龍馬的人，卻沒有大拇指前端的細胞是坂本龍馬的人，這不是很奇怪嗎？不對，轉生的單位不是細胞，搞不好是個體也說不定。既然這樣那為什麼沒有前世是細菌或乳酸菌的人呢？占卜師說的都是騙人的。

但後來她開始思索靈魂轉生的可能性。乳酸菌和細菌之類的沒有靈魂，白狼有靈魂，這種判斷的根據仍舊曖昧不明，但理紗很喜歡「靈魂轉生」這種說法。

跟小平一起生活的阿吉是不是自己的前世呢？因為心裡還有遺憾，所以阿吉的靈魂轉生成理紗之後，仍舊反覆在「夢」裡出現繼續生活吧。

而阿吉心裡的遺憾，就是除了跟小平一起尋死別無他法。

理紗覺得一定要阻止他們倆才行。非得阻止在黑暗的河邊尋找葬身之地的那兩個人不可。

但是「夢」不是理紗想做就可以做的。睡著的理紗做的夢，季節跟前後順序都不一定。她想夢到的場面就是不出現。

眼前是粗糙皸裂的手。阿吉在長屋裡望著自己的手，跪坐著的腳趾甲貼在木板上很冷。她突然起意，膝行到房間一角，打開行李箱，裡面放著阿吉跟小平的東西：缺齒的梳子，只塗了一層漆的木碗等等。他們帶著這點行李，像連夜逃跑似的不知搬了多少次家。

她從行李箱裡拿出用貝殼盛裝的藥膏。這是小平買給她的，跟她說用來塗皸裂的手。貝殼的表面用墨隨便畫著難看的櫻花。

本來該用來付給米店的錢，小平為了阿吉拿去買了藥。阿吉為了買米，有好一段時間接了比平常多的洗衣活兒。冬天的水很冷，手皸裂得更厲害了，但小平的心意讓她很高興。

阿吉像參拜一樣用雙手包住裝著藥膏的貝殼。

這似乎是用馬油加藥草煉製的藥膏，據說對火傷割傷之類的有效。靠近鼻端聞聞確實有動物的味道，但是不是馬油實在很難說，搞不好是野狗的脂肪或是魚的殘渣，不過她完全不介意。

她小心翼翼、一點一點地把藥膏塗在皮膚上。

阿吉再度伸出手，把指尖靠近臉，聞起來有動物的氣息，跟汗、塵埃和體臭混合的味道很像。陰暗的房間、破舊的長屋、井邊飄著菜葉的淺水溝，這些氣味始終沉澱在阿吉的身邊。

舊衣店差不多每天都把要洗的衣物送到阿吉這裡來。幾乎沒有洗了之後需要撐平晾乾的高級舊衣，大多只要浸在水盆裡用手揉搓或是用腳踩踩去污而已。

舊衣店的衣服到底是從哪裡來的，她雖然知道但並不多想。盆裡的水變成褐色，散發著線香和死亡的氣味。ㄈㄚˇ ㄔㄥˊ ㄩㄢˋ的鐘聲響起，烏在墳場的天空上鳴叫。

天就要黑了，小平該從河邊回來了。今天能捕到多少魚呢。想到小平笨拙地捕魚捉鰻，她總是不禁潸然淚下。為什麼小平這樣的人非得成為浪人不可。她覺得這個世界上實在沒有天理。

小平從河邊回來了，說沒有捕到能賣的魚。她烤了小魚，把早上的剩飯煮成稀飯，兩人一起吃了。明天要早起去賣她在屋後種的青菜。

「你有唸書嗎？」

母親說。她母親說來說去幾乎就只有這句話。

你自己就根本沒唸書還說什麼，理紗心想。工作了兩年就跟公司的前輩奉子成婚了不是嗎？所以現在才能在家裡偷懶隨便做做飯，閒閒沒事過著好日子不是嗎？

「下個月怎麼樣？」

母親說著把歌舞伎演出的宣傳單放在桌上。母親現在正在迷年輕的歌舞伎演員，幾乎每個月都特地跑到東京的劇場去。理紗小時候被母親帶去看過歌舞伎，最近則毫無興趣。演戲實在太假了，她說她不去。

她不用特地跑到劇場去，只要睡著就在更為真實的江戶裡。她跟小平的生活在等著她。雖然貧困，但跟小平一起幹活相愛的生活很是幸福。

「要是沒跟你爸結婚就好了。」

母親這樣抱怨。靠著丈夫的薪水生活的女人，絕對體會不到那種幸福的。

理紗不想變成媽媽那樣，所以她才唸書，快點離開這個家，進入好公司，以自己的力量生活下去；在這輩子碰到小平的時候，同樣可以當他的支柱。這次一定要兩個人一起全力活下去。

一個說是小平朋友的男人，跟阿吉說了讓她難以置信的事。小平要跟某個大名家武士的女兒結婚了。阿吉非常驚訝；理紗並不驚訝。她心想，啊，又是這一幕。「請不要開這種惡劣的玩笑。」

阿吉站在水盆裡說。「三山藩高岡家是小平大人主君的仇人。主君家是因為高岡家的陰謀才被廢的，您跟小平大人才成為浪人不是嗎？」

「但是那個傢伙卻去討好高岡家的家臣，大概是不想每天去捕魚了吧。他在出仕的時候也稱不上是有骨氣的武士，簡直不是個東西。你好像也被他騙得團團轉，為他盡心盡力，還是早點清醒過來比較好。」

男人對愕然的阿吉說：「這是我給你的忠告。」說完就走了。

哎，髒死了。阿吉用力踩踏盆中的衣物。那個男人以前到長屋來找小平的時候，就老是用意味深長的眼神望著阿吉。他以為用這種胡說八道可以讓我對小平大人死心嗎？

阿吉開始留心小平的言行舉止。

小平完全沒變。他溫柔地關切阿吉，太陽升起的時候就去河邊，太陽西沉的時候就回到長屋。他常常捕不到魚，淚眼汪汪地跟阿吉說：「真對不起，讓你受苦了。」阿吉要他不用介意。米的話我從天亮前開始工作就買得起了，你總有一天可以找到好職位的，所以你就抬頭挺胸地過日子吧。

她相信小平。阿吉的眼裡只有小平，但是她看不清小平的臉，總是覆著一層像夜晚一樣暗色的紗。

過了大約一個月後。

「已經到了走投無路的地步了。」

小平說。寒冬已至，外面風聲颯颯。

阿吉發現最近小平吃得少了，非常擔心。

「到底怎麼了？」

她問。小平把碗跟筷子放在木板上，深深嘆了一口氣。

「我找到了出仕的地方，拿了準備金，但錢卻被偷了。怎麼辦呢？」

「什麼怎麼辦，多少錢啊？」

「三兩。」

都在為今天的飯錢發愁了，怎麼能籌到這種鉅款。

「反正都已經找到出仕的地方了，不能跟他們解釋一下，請他們通融嗎？」

阿吉接著問道。小平只含糊地說出仕的地方是「附近地位不高的人家」，然後就一直堅持「已經收了準備金，怎麼能不穿戴整齊就過去，這有損武士的名節。」

「那要怎麼辦呢？」

陰暗狹窄的室內一時陷入靜寂。風停了。隔壁的左官一家人熱鬧地吃晚飯的聲音，今夜聽起來特別遙遠。

「喏，阿吉，你很累吧。」

小平說。阿吉點頭。

一大早阿吉就出門請人重新梳了頭髮。她拒絕了洗衣服的工作，等待夜晚到來。空手出門的小平，同樣空手回到長屋。

「果然不行。」

他告訴她籌錢不成。「你下定決心了嗎？」

早就已經決定了。阿吉是小平的妻子，不管小平去什麼地方，她都會跟他一起去，絕對絕對不會離開他。阿吉把裝著藥的貝殼揣在懷裡，走出了長屋。

她跟小平一起在河邊前進。

兩人周遭是連呼出來的氣都看不見的黑暗。想到重要的男人就在身邊，她就不害怕了；想到從今而後都在一起，她就不孤單了。

天快亮了。他們來到河水滯留的水深處附近，決定就在這裡。

阿吉背對著河水，在草地上跪坐。她解下衣帶，交給小平，突然想起來說道：

「你真的會立刻就來吧？」

蹲在阿吉面前的小平說：「真是，說的什麼話。」他用好像吐血一般的聲音說。「連在要死的時候都不相信我的心意嗎？」

小平拾起小石頭，一一放入懷中。他抽出插在腰帶上的菜刀，拿到阿吉的鼻子前面，讓她在黑暗中也看得清楚。

「我馬上就追隨你去。替你把衣服整理好之後，我就用這個割自己的脖子，然後跳到水裡。」

那樣的話就好。阿吉雙手合十，衣帶繞上了她的脖子。小平深吸一口氣，用力扯緊衣帶。

不行！理紗想大叫，但卻發不出聲音。連唸佛的時間也沒有啊，阿吉在痛苦中覺得可笑。無法呼吸了。想用手抓著胸口的時候，碰到了硬硬的貝殼。這是你的心，這是我愛你的心。啊，快點！想快點跟你一起走，到不需要米錢也沒有皺裂的世界裡一起幸福地生活。就我和你。

東方透出曙光。阿吉看見了傾身過來絞殺自己的男人的臉。

小平在笑。

理紗猛地從床上坐起來，嘆了一口氣。又沒阻止成，沒辦法改變。因為這是注定的事，因為這已經發生過了。「夢」果然是理紗的前世，也就是阿吉的生與死。

既然如此，這輩子就要跟小平幸福快樂地一起白頭偕老，這樣也能安慰阿吉在天之靈。

她拉開窗簾看見了鄰居家的牆壁，是非常平庸的市郊住宅區。東京很遠，江戶更在彼方。

換制服的時候，她發現這好像是第一次清楚看到小平的臉。小平為什麼笑呢？

她心中閃過可怕的懷疑。阿吉是不是被騙了？準備金被偷根本是謊言，馬上就追隨她而去也是謊言。小平把礙事的阿吉殺掉之後就立刻逃走，然後去跟出仕人家的女兒結婚了吧。

怎麼會，不可能的。她想起指尖碰到貝殼的觸感，觸感真實到理紗摸了制服胸口之後，又到被窩裡去摸索。當然並沒有貝殼，但是小平真的給了我。小平的心，小平愛我的心，完全不必懷疑。

「理紗，你起來了嗎？」

母親在樓下叫她。

她瞞著父母只報考了一所東京的大學。母親出乎意料地反對她一個人生活。

「理紗這種迷迷糊糊的孩子，絕對沒辦法自己一個人住的。」

母親可能以為理紗會上本地的大學，生氣也是理所當然的。理紗什麼也沒說，只默默地準備開始新生活。春假期間母親一直誇張地在客廳哭泣。

「去東京一定會被壞男人勾引的。女孩子家自己一個人住，簡直就像是說我是來玩的不是嗎。這樣的孩子哪有希望找到工作結婚啊，根本行不通的。你不聽媽媽的話，到時候可不要哭著回家喔。」

最後在父親的斡旋下，母親總算答應讓她去東京。理紗說「我出門了」，但母親仍舊一直對著電視。

怒氣在往車站的路上就消失了。對新生活的期待超越了母親的惡言和態度。

開始在東京生活之後，她就很少做「夢」了。可能是因為不管怎樣都無法阻止阿吉跟小平，她已經放棄了也說不定；也可能是因為她的生活忙碌充實到沒有閒暇做「夢」也說不定。新的朋友，報告、考試、討論會、打工、做飯洗衣打掃等等。

理紗的夜晚第一次跟大部分人一樣，是意識陷入黑暗，夢只是虛無縹緲的影像的夜晚。她終於踏實地在白天的世界生活，和許多男人交往。

不管跟誰一開始都很順利。

理紗延續著「夢」裡的生活，特地在公寓的陽台上用炭爐烤秋刀魚，浴缸裡剩下的洗澡水也再度利用。男人們看見理紗這麼做，都會很高興地說：「你一定會是個好太太」，要不就是「真環保啊」之類的話。即便如此，在分手前卻一定會說：「理紗怎麼好像男人。不是有那種做菜堅持一定要用炭爐的傢伙嘛。」要不就是：「過日子跟老夫老妻一樣，真討厭。」

理紗喜歡上的男人大概都欠缺生活能力，坦白表明自己的野心跟想實現的夢想。他們共同的口頭禪是：「總有一天。」一開始她都覺得這樣很好。男人賴在理紗的公寓裡，幾乎完全不出生活費，淨吃理紗的。到最後理紗總是想：小平都是這樣，小平都是那樣。

無論哪個男人跟小平比起來都相形見絀。跟她愛得要死的小平比起來。

等她回過神來的時候，男人已經離開了理紗的公寓。「跟你在一起，我就依賴你變成吃軟飯的。」「你這樣盡心盡力我承受不起。」他們都如是說道。

理紗很羨慕阿吉。小平回應了阿吉的愛與奉獻。兩個人一直到死都在一起。但是理紗也恨恨地想著，搞不好就是因為阿吉的靈魂還留在她體內，所以她在白天的生活中才沒辦法跟男人順利交往。

她幾乎不回老家，大學畢業就直接在東京找了工作。有時候有男人，有時候沒有。她很喜歡工作，跟同事一起為了同樣的目標努力讓她很愉快。

母親有時候會打電話來。她大部分時間仍舊在家看電視，做著十年如一日的晚飯，閒閒沒事等待丈夫回家。「爸爸的退休金好像沒有預料中那麼多，最近我連戲也不去看了。」母親說。「你過得怎樣？」母親這樣問。她為了不傷母親的心，只含混地說：「我過得不錯。」她很以自己為傲。她確實過著自己以前嚮往的生活，雖然還沒遇見跟小平一樣想要扶持他的對象，但自己還年輕，沒問題的，不用著急。我跟充滿了後悔、抱怨和妥協的母親不一樣，理紗心想。

她幾乎沒有再做「夢」了。趁著搬家她把炭爐收到流理台下面的櫃子裡。阿吉跟小平離她越來越遠。以前認為夜晚是另外一個人生的想法，現在甚至覺得那才是夢吧。

上班第五年的盂蘭盆節休假時，一個她怎麼想也想不出來是誰的親戚打電話給她。

「理紗知道嗎？」

中年婦女在電話另一端滔滔不絕地說著，理紗的父母可能要離婚了。理紗知道原因是母親出軌，大為震驚。「怎麼會這樣！」她半是驚愕，半是憤慨。「搞什麼啊！」不知怎的震驚中還摻雜著些許挫敗感。

她趁著盂蘭盆節假期搭了將近兩小時電車，搖搖晃晃地回到老家。家中出乎意料十分平靜，跟理紗住在這裡時一樣，廚房的水槽洗得乾乾淨淨，客廳的桌上也沒堆著舊報紙。父親坐在餐桌旁吃著太太親手做的菜，偶爾跟太太和女兒說不好笑的笑話。

一切都跟以前一樣。

那通電話到底是怎麼回事啊。理紗覺得親戚是騙她的，但為什麼要騙她呢，她腦中一團混亂。

父親開車帶他們去掃墓。綠意濃郁的山上，蟬聲震耳欲聾。手持水桶和線香的人們在正午的太陽下來來去去。水一澆上山坡上的墓碑就立刻乾了，供奉在墓前的花也很快就萎掉。

理紗在一旁的樹蔭下等父親提水過來。天氣熱得手上的汗都要把線香浸濕了。抱著菊花站在一旁的母親，用空著的手拿白手帕擦拭額上的汗水。小小的蜜蜂飛近花束，然後滿足地朝樹林飛去。

「好了，走吧。」

父親走上坡地的階梯。理紗跟母親從樹蔭裡走出來，在強烈的日光下前行。

「你聽阿姨說了吧。」

母親若無其事地說道。「媽媽打算離婚。」

理紗不由得望著走在前面的父親的背影。父親不知道有沒有聽到，步伐並未改變。

「離婚之後要怎麼辦？」

「不怎麼辦啊，讓理紗養我吧。」

母親的側面上刻著無憂無慮的笑容。理紗打了個寒噤。母親好像想說對方是怎樣的男人，在哪認識的，但理紗並沒有問。她也不想知道。

掃完墓後，她像逃亡一樣回到了東京。

父母不知何時好像和好了。多管閒事的親戚又打電話來告訴她。

「多虧了理紗回去露臉啊，都說孩子是夫妻間的聯繫是真的呢。有理紗這樣的女兒，你媽媽也安心了。阿姨家裡都是兒子，現在連話都不跟爸媽說了，根本不知道他們在哪裡幹什麼。」

理紗想知道安心是什麼意思。父母老後自然由獨生女理紗照顧，母親、親戚、大概連父親也這麼認為。開什麼玩笑，那是跟父母感情好的孩子才會這麼做吧。母親外遇、父親視而不見、不了了之的離婚，這一切到底算什麼啊！雖然這麼說，放著父母不管的話，周圍的人的眼光和批評也很恐怖，她沒有勇氣抗拒。

大概就是這樣了。過個十五年，她就會往返於東京和年老的父母居住的城鎮，無法逃避。那個時候理紗一定也有了丈夫和小孩，丈夫和小孩能幫上什麼忙呢？父母的孩子只有理紗一個人，跟父母血脈相連的只有理紗。

好不容易過上了自己想過的生活，好不容易努力離開了母親和老家才得到的生活。

母親打電話來，想叫理紗回老家去相親。「理紗都已經三十歲了吧。你有好好考慮嗎？媽媽最近常跟爸爸說，我們都想抱孫子呢。」

星期六早上門鈴響了，她心想是誰啊，結果是限時專送的自我介紹和布面的相親照片，還附了一張紙條：「他在區公所上班，是個非常認真的好人。」她連照片都沒看就送回去了。

「你最近好像沒什麼精神。」

根岸對她說。「有什麼事的話，可以說來聽聽。」

三十來歲的課長根岸年紀輕輕地就升了官。工作表現當然不用說，還很關心周圍的人。在增進課上同事情誼的例行飲酒聚會上，也會這樣若無其事地跟所有人說話。

「是嗎，沒什麼。」

「那就喝一杯吧。同樣的可以嗎？」

根岸在理紗的杯子裡倒了啤酒，在她旁邊空出來的坐墊上坐下。理紗冷淡的回答好像並沒讓他感到不悅，他默默地在自己的杯子裡也倒了酒。

「沒有什麼值得跟課長說的。」

她重複。

「我只是想跟可愛的屬下喝酒聊天而已。」

根岸以開玩笑的口氣說。

她想起了很久沒有想到的「夢」。只見過一次，然後就漸漸模糊，被晨光照亮的小平的臉，不知怎的和根岸有點相似，那是柔和純真的笑臉。

理紗聽說根岸的太太是他大學同學，兩人已經有上中學的兒子和小學四年級的女兒。理紗突然想跟他傾訴一下，根岸不會對前來求助的屬下置之不理；跟以後應該也會高升的上司傾訴，在工作上估計也有所助益。公司的人只知道上班時的理紗是什麼樣子，有些話跟他們講起來反而比較輕鬆。

「結婚怎麼樣？」

「你的心意我很感激，但我已經結婚了。」

「我不是那個意思。」

「開玩笑的。怎麼，有人要你去相親嗎？」

「您怎麼知道？」

「我想你也差不多到那個年紀了。」

根岸徵求了她同意，才點起菸來。「結婚很好喔。要是不知道該怎麼辦的話，就先結看看。」

「就是因為不想結很多次，所以才不知道該怎麼辦不是嗎？我有工作不說，我母親的保證完全不能算數。」

「就算田宮你結婚生了小孩，工作方面我會幫你的忙的，不需要擔心。」

她突然心跳加速起來。根岸果然長得有點像小平。

「所以你相親的對象是怎樣的人？」

早就已經拒絕了，但她還是不由自主地說：

「在我老家的區公所上班，是個認真的好人。」

「那要是結婚的話，不就得辭掉工作了嗎？」

根岸在菸灰缸捻熄的菸頭仍舊飄著一縷白煙。「認真的好人嗎？跟你不合適吧。」

理紗放在膝上的手觸到根岸的手。兩人忘了課上的同事就在周圍喧鬧，默默地在矮桌下互握雙手。

理紗和根岸偶爾一起出過差之後，就開始交往。她刻意不提要他跟太太分手，但是根岸很清楚理紗的心情。「我已經跟我老婆說了要離婚。需要一點時間就是了。」

週末的時候他好像去了江之島，帶回裝著櫻貝的小玻璃瓶，送給她當禮物。那種瓶口用軟木塞塞著、瓶頸上繫著鍊子的鑰匙圈，連小學生都不會買。

「好土。」

理紗笑道。

「冬天的江之島根本不能去。冷得要命又沒有客人，冷清死了，冷清死了。」

根岸縮著脖子說。

想到他帶著家人出遊理紗就不是滋味，但根岸顧及她的心情這麼說了，讓她很高興。她搖晃玻璃瓶，瓶子裡粉紅色的小貝殼發出像沙子一樣的聲音。她想起畫在貝殼上的櫻花。果然是小平。她一直在找他，一直希望這輩子再見到他。她絕對不會再跟他分開了。

母親仍舊不肯放棄，在那之後也不斷送來相親照片。理紗拒絕了四次之後，終於打電話回家。

「媽媽，不好意思，我已經有交往的對象了。」

「什麼，這樣啊。你什麼都不說，害媽媽好擔心。怎樣的人啊？下次帶他一起回來吧。」

「看哪一天吧。」

她隨口應付，掛了電話。其實她很想全都說出來。她從小時候就知道了，他是命中注定的那個人。我們前世就在一起了，就算死了也無法分開，下輩子我們的靈魂也一定會轉生再度結合。

理紗的手變粗糙了。以前洗潔精都不會影響她的手的，現在她的皮膚乾燥，發紅皸裂。是阿吉。我心裡的阿吉因為跟小平再相會而欣喜萬分。

她撫摸根岸的背，「好粗喔。」他發癢笑著說。「怎麼了，這很痛吧。」他握著理紗的手親吻。

「完全沒關係。」

她一點都不痛，只覺得心動。

課上的同事大概人人都知道了。閒言閒語可能傳到了人事處，春天時理紗一個人被調到了總務課。

在此之前她常常出差，忙著到處跑，現在負責公司內部事務的總務課讓她覺得十分無聊；但是她完全不介意，又不是不能和根岸見面。只要想到不認識根岸的時候，就覺得工作上的異動根本不算什麼。

「你得小心一點才行。」

根岸說。「你這人怎麼說呢，太容易被人看穿了。你的態度啊、眼神之類的。」

這有什麼不對，本來就是理所當然的不是嗎。過了幾百年好不容易重逢，不高興才奇怪呢。她雖然這麼想，但因為不想給根岸添麻煩，還是照著他的話去做了。

根岸很可靠。工作的方針，兩人去餐廳吃飯點什麼菜，都由根岸決定，引導著理紗。和根岸交往之後，理紗才知道把一切託付給別人的安心感。這就像是把肩膀上的重擔卸下一樣，只要跟他在一起就覺得輕鬆愉快，不安和迷惘都一掃而空。

理紗等待了五年。

她想生小孩。過了這麼久她終於也焦急起來，根岸已經很久不提離婚了。她繞著彎子刺探，他就說：「我老婆鬧脾氣，沒什麼進展。要是你等不下去，就隨你的意思辦吧。」根岸不知道理紗等了多久，她無論多久都可以等下去。

因為她愛他。命中注定的對象，只有根岸一個人。

過了四十歲根岸當上了部長，這仍舊是快速的高升，也有人說他就到此為止了。大家都認為原因是理紗，理紗聽到各種各樣的忠告和誹謗。

也該清醒過來了好吧。這樣拖拖拉拉下去，不會有什麼好結果的。根岸先生也真可憐，那個女人從以前開始就有點偏激的感覺。太太也很生氣。哇，好可怕。但是部長也是自作自受，還把結婚戒指拿掉去參加聯誼，然後就帶出場。現在也是這樣啊。

朋友和同事都一副看好戲的樣子，可能是因為這樣根岸最近十分焦躁不安。理紗根本不相信誹謗謠傳。他們根本不瞭解根岸還說什麼，八成是嫉妒根岸，想盡辦法要扯他後腿。她覺得那些人很可悲。

耶誕節跟新年根岸都和太太一起過。「我女兒還是中學生，」根岸說。「沒辦法，我不想讓她覺得寂寞。」理紗也很寂寞，但是她幫根岸替他女兒選禮物，還笑著送根岸回家，因為她知道他的家庭反正都是假的。

雖然這樣她也受夠了自己一個人過年，在除夕傍晚回到了老家。五年不見的爸媽增添了白髮和皺紋，但態度完全沒變。母親毫不顧忌地逼問理紗，沉默寡言的父親簡直像是裝飾品一樣。

「喂，為什麼不帶他回來啊？」

母親吸著燙過的蕎麥麵說。「因為你說要回來，我以為你明年終於要定下來了。你們還在往來吧？」

「我們並沒分手，但總要看時機。」

「什麼時機啊，那種時機早就過了吧。你以為自己幾歲了。」

母親誇張的嘆氣。「反正一定不是什麼像樣的男人。媽媽早就說了。」

理紗怒不可遏，但還是設法忍住了。母親還說：「不如回家來吧？工作在這裡找就好了。」要不就是：「我跟你爸也都上了年紀了，只有我們兩個在家總覺得不安心。」「現在的話還可以找到好對象的。你已經不年輕了，最好的對象當然不可能，但妥協一下還是能找到的。」每次視線相對就說這種話。最後理紗低著頭一言不發，但母親仍舊嘮叨個不停。

一天還不到理紗的忍耐就到達了極限，一月二號一早就搭上電車，之後就在自己公寓裡，看著電視上並不好笑的搞笑綜藝節目過了新年。電視旁邊的櫃子裡雜亂地放著照片和假花之類的東西，還有根岸給的櫻貝小瓶。

要是一直這樣下去該怎麼辦？沒法子和根岸結婚，也沒有小孩，在氣氛很壞的公司賴到退休，年紀大了還癡癡地等著根岸來訪，最後被人家發現自己一個人死在房間裡嗎？根岸可有老婆和孩子照顧他。

太奇怪了，不應該是這樣的，理紗心想。她覺得阿吉跟小平的生活比較幸福。不，可能跟現在的感覺差不多；一直走投無路，貧困焦慮，只倚靠著彼此過日子。她因為太久沒做「夢」所以忘記了。

新年過後一去上班，同事親切地在女廁鏡子前面告訴她：

「營業部的根岸部長跟太太和小孩去夏威夷過年耶，真是太好了。」

她感到太陽穴發熱，不知道是想哭還是想笑。

她覺得自己已經等得夠久了。理紗去找根岸的太太。

她請了假，和根岸的太太約在他們家附近的咖啡館。出現的女人雖然和根岸同年，看起來卻很年輕，很有品味地穿著乍看很樸素，但其實所費不貲的衣服。

「我也覺得該跟您見一次面打招呼。」

女人微微一笑，喝了一口紅茶。「我先生承蒙照顧了。」

「您要和根岸先生分手嗎？」

「哎呀，我先生並沒跟我說要離婚啊。」

女人用憐憫的口氣說。「您是不是誤會了？」

根岸的太太離開之後，理紗仍坐在桌邊無法動彈。店員拿起水杯，加了水又放下來。理紗的視線落在桌上圓形的水痕上。

根岸被派為分店店長，頭銜聽起來響亮，但其實是貶職。謠傳這是因為根岸的太太一狀告遍了社長以降的公司要員，說他出軌；也有人說不是這樣，是理紗蒐集了他們交往的證據，匿名送到社長那裡；但也有人說是因為根岸在聯誼的時候睡過的女人到公司來大吵大鬧所致。

有一件事很清楚，那就是根岸已經完蛋了，周圍簇擁著他等著搭順風車的人也都一哄而散。理紗從開始和根岸交往以後，大家就露骨地對她避之唯恐不及，現在她的處境也沒有改變。故意說給她聽的閒言閒語，她也早就習慣了。

根岸先生好像不太妙耶，他的事情分店所有人都知道了。他太太終於說要離婚，把所有存款都拿走了，但恐怕這樣還不能善罷干休，他得付小孩的養育費。那他外遇的對象呢，恐怕會被太太告上法庭，要付賠償金吧。真是太傻了。早知道會這樣不是嗎？而且還有臉公然到處走動呢，教大家快點工作什麼的。隨便啦，真是礙眼。

理紗一天傳好幾次電子郵件到根岸的手機上。她擔心得不得了，她不想讓他難過。根岸的回信一天能有一次就算不錯了，內容也只是「沒事」這樣簡短的幾個字，但是理紗會安心高興地反覆閱讀。

週末的時候她想去根岸調職的地方看看，根岸總是說：「東西還沒整理好，你不用來。」分明搬家的東西一個人整理不完啊。她一定要去的話，他就說：「這星期我太太跟小孩要過來，你體諒一下吧。」然後冷淡地掛了電話。

她以為離婚之後他們多少會有點進展，但就算是總務課，也沒法隨便調閱能看到是否有配偶的人事資料。要是他只是單身赴任的話，那我該怎麼辦呢？她在房中把臉埋進墊子哀嚎，不知是不是喉嚨破了，嘴裡嚐到血的味道。

她立刻就知道果然不需要不安。根岸調職後不到兩個月，就又常常打電話給她，說著「好寂寞啊。」或是「我已經決定了，要離婚，但是那就看不到小孩了。」要不就是「理紗，我不行了。錢全部被拿走了，鄉下的分店長薪水也沒多少。」只在理紗面前露出軟弱的一面，讓她更加愛他。

這個人真心相對的只有我，能扶持這個人的只有我，這從許久以前就知道了。

理紗要求調到根岸的分店去上班。上司啞然失笑，連諮詢一下人事室都沒有，就直接拒絕，於是她毅然決然地辭職。

終於可以和根岸一起生活了。在這個大雪紛飛的城市裡，第一個冬天讓理紗和根岸都很興奮，連掃雪車和雪耙子都覺得很新鮮。兩人一起在暖和的房間裡吃火鍋。理紗把裝著櫻貝的小瓶放在窗台前，根岸笑她把那種東西都帶來了啊。理紗覺得好幸福，她覺得這種幸福會永遠持續下去，為了阿吉和小平也要持續下去。

根岸分明已經跟太太分手，但春天到了他仍舊沒有求婚。是因為日子過得太順心，跟結了婚沒兩樣嗎？不對，可能是心情已經穩定下來，打算跟理紗的爸媽見面也說不定。理紗腦子裡轉著各種念頭，不管怎樣反正就快結婚了，她決定不再緊迫盯人。

根岸說他的存款幾乎全部給了分手的太太，每個月還得從薪水裡拿出小孩的養育費，所以生活很艱難。理紗得償宿願，和根岸如膠似漆地過了三個月，真是心滿意足。差不多該在這裡找個工作了。雖然當正職人員的話薪水比較有保障，但他們可能很快就會有孩子，還是時間自由的兼職工作比較好。她想在燈火通明的屋裡做好晚飯，等著根岸回家。根岸的前妻是家庭主婦，她不想讓他比較，不想讓他覺得以前比較好。

她去超市當收銀員，跟以前在公司的工作比起來是非常單純的作業，薪水也少得可憐。即便如此，同事阿姨們和幾乎都是老人的客人大家都很親切，她做得很開心。她在不影響家事的前提下盡量打工，多少能幫助家計。超市的店長說：「要小心不要超過扶養扣除額的限度喔，要不然先生會生氣的。」於是理紗才知道，要是妻子的年度所得控制在規定金額之內的話，丈夫支付的稅金就可以略微減免。

她想結婚。理紗突然燃起這種渴望。一直傻傻地等他求婚，所以我從小才被人家說成天都在做白日夢；到現在還堅持要等根岸開口，簡直跟傻瓜一樣。

根岸一回家，她就跟他說了店長告訴她的事。

「我完全不知道。都過了三十歲了，還什麼都不知道，真是丟臉。根岸先生知道吧？」

「知道啦。」

「我們結婚吧，這樣報稅也比較有利。」

「改天吧，改天。」

「改天是什麼時候？現在的話已經訂不到六月的場地了，但是婚姻登記的話立刻就可以，去登記吧。」

「理紗。」

看見根岸陰沉的表情，理紗臉上的肌肉也緊繃起來。「我沒跟你說，但我跟我太太還有婚姻關係。」

她聽不懂。根岸好像很不自在似的渾身僵直，喝著理紗泡的茶。

「這是怎麼回事？」

她的聲音嘶啞起來。「那為什麼存款都沒了？不是給了你太太當贍養費嗎？你們什麼時候才要分手？我什麼時候才能跟你結婚？你說要我過來，所以我連工作都辭掉了！」

「我沒說要你來啊。」

「你分明說了！說了不是嗎？你決定跟太太分手，所以我才……這到底算什麼！」

積壓的鬱悶委屈一口氣爆發出來，理紗又哭又叫，隨手抓起旁邊的東西亂扔：茶杯、墊子、便宜的小矮桌、相框，對裝著櫻貝的小瓶子則手下留情，沒有扔向牆壁而是丟到地毯上。

「她只是在鬧脾氣，真的馬上就要離婚了。」

根岸安慰她。積鬱發洩之後理紗鬆了一口氣，心想這樣的話就好。她和根岸一起睡下。她想做「夢」。她想看見阿吉跟小平在長屋幸福生活的樣子，她希望能做夢。

理紗和根岸開始成天吵架，原因是因為離婚遲遲沒有進展，理紗憤怒地喊叫說到底是怎樣，根岸安慰她快了快了，她就平靜下來。但她漸漸越來越激動，發作的間隔越來越短，責問根岸的激烈程度自己都會嚇到。一開始毫不反駁的根岸最近則會吼她，還會動手。理紗被打得撞上牆壁。

超市的阿姨們看見她眼眶的瘀青，都尷尬地面面相覷。店長勸她：「還是回家比較好。」她在更衣室看見自己的臉腫得跟怪物一樣，這副德性果然無法接待客人。理紗笑了起來。

雖然知道會被揍，雖然知道結婚根本是一派胡言，她還是忍不住要逼問根岸。根岸幾乎不回來，偶爾回來就拼命喝酒。

已經不知道是第幾次吵架，理紗被打得臉都變形了，只能嚶嚶哭泣。她已經幾乎發不出聲音，眼淚也流乾了，最後她呼吸困難，好像抽筋一樣渾身痙攣。

根岸把她抱起來。他撫摸理紗的頭髮和肩膀，用濕毛巾溫柔地替她擦臉。理紗一面抽噎，一面語無倫次地說：

「我們一起死吧。我們在江戶時代就是戀人，兩個人一起死了呢。你知道嗎？不能結婚我不要，死掉也沒關係，下輩子一定還會重逢，那時候就可以結婚了，所以我們死吧。」

「你還好嗎？」

根岸說。「累死了。」

他雖然說累死了，但理紗覺得喘不過氣而醒來的時候，本來睡在旁邊的根岸卻鑽進了她的被窩。他一面喃喃說真不想繼續下去了，一面脫掉理紗下半身的衣物，開始動作。理紗也迎合他，動作越來越激烈。根岸的手用力壓著理紗鎖骨附近，然後慢慢撫上她的頸脖。

男人覆上來的影子像夜晚一樣，漆黑地掩蓋了理紗的視線。

第五站 火焰

用死來當武器的那個瞬間，
要人屈服或是原諒別人，
都在我們的一念之間。

那件事靜靜地沉浸在我們內心深處。就像淺紫的天空掠過閃光，片刻之後響起雷聲一樣；就像湖泊中央泛起的銀色波紋，漸漸擴大到岸邊一樣。

那件事慢慢地逼近，侵蝕著我們的心。

高中位於山丘上，除此之外山丘上就只有墓地和賓館。

學生都從車站前面搭「綠山墓園線」的公車，沿著像蛇一樣蜿蜒曲折的山路往上開個二十分鐘，在終點的前一站下車，就到校門口了。最後一班公車是晚上七點二十五分。車頭燈光照亮了路面，然後公車轉過彎道現身。結束練習的運動社團團員，開會開了許久的學生會成員，以及無所事事在學校殺時間的學生們都在公車站排隊。「綠山高中前」的公車站牌燈上，夏天聚集著無數的蟲子。

錯過最後一班公車的話，就要沿著坡道走將近一小時下山。在文化祭的籌備期間，躲避師長的耳目在學校裡逗留，然後走路下山的學生不在少數；一面瞥向樹林間隱約的小鎮燈火，一面跟朋友聊天走下黑暗的山坡，偶爾會和開車去賓館的男女擦身而過。不時出現的彎道反射鏡下，釘著「小心色狼」的生鏽告示牌。

從車站前面發車的公車大約十分鐘一班，早上七點的時候車上全是綠山高中的學生。為了避開人潮，我都搭六點五十五分那班。到學校後開始上課前的一小時，我都在教室睡覺或者預習功課。天氣熱的時候，我會拜託晨練的游泳社同學，讓我在游泳池一角悠閒地游泳。水非常冷，被晚上的照明吸引過來的蟲子，在晨光下黑黑地浮在水面上。隨著氣溫上升，蟬開始用剛睡醒般的聲音鳴叫。

早上的公車上幾乎都是同樣的面孔，立木學長就在其中。車上站著大概十個人，學長和我幾乎都不坐下，所以有時候我會抓著學長旁邊的吊環。學長總是把書包夾在左脅下，左手拿著文庫本的書閱讀；大拇指靈活地翻動書頁，翻過去的書頁則被右側的小指壓住，動作好像變戲法一樣流暢優雅。學長的右手則輕輕地拉著吊環，視線一直停留在文庫本上。不管怎樣的彎道，學長都能輕鬆地維持平衡。

我有時會偷瞄學長的手指和側面，那是輪廓分明漂亮的線條。

在他旁邊距離有點太近，最好的位置是後車門旁邊的柱子，從那裡可以一直看著學長而不會顯得不自然。

我覺得學長並不知道有我這個人。

我並不想讓他注意到我。我的外表和能力都沒有任何出色之處，中學的時候跟上高中以後都一樣，淹沒在「平庸學生」的集團裡面。我從來沒抱著跟學長告白，和他交往的希望。

要說一次都沒想過是騙人的，但我從沒真的希望他能回應我的感情。我早就超越了那種境界。

愛情會隨著對象的愛恨或毫無反應而增加或消失，但戀慕可以自己一個人要陷多深就陷多深。

來上學的朋友們看見已經坐在教室裡的我，總是笑著說：「有沒有這麼認真的。」「亞利沙，你到底多早起啊？」「哎，是嗎～」「在家反正也沒事做啊。」我也笑著回她們。

我的心意只屬於我，只活在我的心中。

立木學長的班級是打算上國立大學文科的，他的全國模擬考成績好像也名列前茅。現在的成績不管上東京大學還是京都大學都沒問題，老師們對他也寄予厚望。雖說我們學校在這附近是升學率最高的縣立高中，但像學長功課這麼好的學生還是很少見。

話雖如此，學長絕對不是只會啃書的書呆子。他個性很穩重，但也會突然說出有趣的話，身邊常常圍著談笑的朋友；是有品有型，引人注目的人，跟我完全相反。我的朋友用一隻手就數得出來，她們和我被班上的人一總而蔑稱為「老土派」。

我上了高中之後，就常常被人公然嘲笑。「頭髮那樣也太長了吧。」或是「哇，有夠陰沉。真討厭。」說這種話的是一群打扮得花枝招展的女生，我偷偷稱之為「化妝妖怪」。升上二年級，我心想可以換班了，沒想到卻跟化妝妖怪的頭目同班。

楢崎初音分明是頭目，化妝卻淡得可恨。就算不化妝，她雪白的皮膚也完全沒有痘痘，五官端正到看見的人都會小吃一驚的程度，剪得短短的頭髮很配她纖細的身材。

初音雖然被奉為頭目，卻不跟化妝妖怪們一起講別人的壞話。但她也不阻止她們，只微微地笑著。對奉承她的化妝妖怪，和對我們這些老土派，她眼中同樣強烈地閃著輕視。

我們可以敏銳地嗅出不和任何人結黨結派的異端。初音本質上不喜歡跟人成群結隊，奉承討好；她之所以鶴立雞群，並不只是因為長得漂亮而已。

綠山高中幾乎人人都知道初音在跟立木學長交往。知道歸知道，但有人贊同有人不贊同。「這樣啊。」我覺得挺不錯的，但是朋友們卻說：「是學長看得起她啦。」據跟學長上同一所中學的人說，學長家只有他跟母親兩個人，他在家幫母親做所有家事。

「大概就是因為這樣吧。立木學長在中學的時候就很會照顧人。楢崎成天晃晃悠悠的，學長可能只是沒辦法不理會她吧？」

雖然很對不起朋友們，但我覺得應該不是這樣。沒有比我更仔細觀察學長的人了，也沒有比我更在意初音、在教室一角盯著她不放的人了，所以我明白。我看見了。學長聽見有人叫他時，轉過頭望向初音的溫柔眼神；跟初音一起靠在屋頂的網欄旁聊天的學長，臉上安心的表情；兩個人一起放學，在走到公車站之前一瞬間交握的兩人的手。

我看得很清楚。要是我跟初音一樣又漂亮又堅強就好了。雖然心中忿忿不平地這麼想，我卻覺得兩個人交往是理所當然的。

立木學長在暑假最後一天自焚身亡。根據在校園裡進行晨間練習的學生們說，學長搭乘六點五十五分從車站發車的公車到學校來。穿著制服的學長走進校門，剛好在場的劍道社團學弟跟學長道早安，學長也一如往常穩重地回了「早安」，好像是要去圖書館或是做升學諮商一樣。

唯一奇怪的是學長手上拎的不是書包，而是裝著燈油的紅色塑膠桶。學弟心想「那是什麼啊」，一面繞著操場跑步，一面用眼角瞥著學長的動靜。學長平靜地橫越操場，走到足球球門前面，雙膝落地，然後把塑膠桶裡的東西倒在頭上。

還沒人來得及阻止，學長就燒起來了。操場上的所有人只能呆呆站著看。火焰和黑煙高高昇起，蛋白質燃燒的臭味在早晨的校園中飄散。有人拿了校舍裡的滅火器趕來，但已經來不及了。學長燒得焦黑往前倒在操場上。

當天消息就傳開了。我還在家裡吃麵線當早餐的時候，朋友傳手機簡訊來說：「立木學長好像今天早上在學校裡死了。」我放下筷子，望著室外的藍天。「怎麼啦？快點吃啊。」母親說，我再度開始吃麵線。

我沒有回覆。我不知道該怎麼想才好。簡訊是真的嗎？我什麼都搞不清楚。之後手機又陸續收到學長是自焚身亡；警察跟消防隊都趕到學校鬧得一塌糊塗；明天的開學典禮延期；暑假延長了之類的消息。

到了晚上學校傳來正式通知，開學典禮決定延期一天。我跟往常一樣待在家裡，混過了天上掉下來的假期。

次日，六點五十五分的公車上充滿了異樣的緊張氣息。學長沒有搭公車，反倒是初音搭了，在這之前她一次也沒搭過。初音握著柱子，望著車窗外面，臉上沒有任何表情。

啊，學長真的死了。

車上當然沒有人說話，連一聲咳嗽都沒有。公車沿著坡道往上，車裡的沉默好像是鑄鐵模子壓出來的那般厚實。

開學典禮改名為全校集會，所有學生在體育館集合，聽校長說明。立木學長死了，為了調查原因會發問卷，希望大家珍惜生命。

足球球門那裡放了花，球門前面的地上有像是影子一樣的痕跡。大家在往來校門和校舍的途中都避開那裡。至少好幾天是這樣。

很快操場就像以前一樣用來上體育課。學長變成灰燼的地方，沙子被風吹動，讓往來的學生踩在腳下。

調查問卷並沒有得出任何有用的訊息。他當然沒有被欺負，也沒有人知道他有任何煩惱。學校為了安撫學生的動搖，派出了心理諮商老師，但是並沒聽說有人去保健室找老師談話。有人說當天早上看見學長自焚的學生因為精神狀態異常，到車站前的診所去看病；但這只是謠言而已，要是詳細追問是幾年幾班的誰，說話的人立刻就含糊其辭起來。

校園裡很平靜，平靜到詭異的程度；好像沒有發生過任何事，好像立木學長從來都沒有存在過，大家繼續著日常生活。學長還未成年，所以媒體也幾乎沒有報導。

這是作夢嗎？我半是認真地思索著。學長澆燈油自焚這件事，不，學長存在本身就像夢一樣。我現在就一點都不悲傷，完全沒有任何感覺。我不知道該有怎樣的感覺才好，自己的感覺和感情也都像夢境一樣，沒有實體。

我和學長沒有接觸、沒有說過話，連視線都沒有交會過。他比夢境還要遙遠。就算跟我說學長死了，我甚至連他是不是存在於現實生活中都不能確定。

但是平靜只是表面上的。就跟鏡子般的河面下，其實水流湍急一樣；就像夏日藍天上悠然飄過的白雲裡，暗藏著猛烈的風雨一樣。所有認識學長的人，大概都在無聲地叫喊吧。

為什麼死了？用那麼極端的方法，到底是要控訴什麼？

焚燒他的火焰是照亮了誰呢。

夏日進入尾聲，變化也慢慢地進行。

學校的態度像是並沒有發生學長自焚這件事。只有不知從何而起的謠言，在學生間口耳相傳，在走廊上蕩漾。有的說學長因為成績退步而煩惱，討債的找到家裡來讓他不知如何是好，還有說他母親跟男人跑了的。

教室裡的初音態度跟以前一樣，完全沒有改變，但是同學們都尷尬地和她保持距離。因為不知何時起，大家竊竊私語說學長之所以自殺，是因為初音甩了他。連吹捧初音的化妝妖怪們都壓低聲音說：「哎～因為原因是初音不是嗎？」「有點過分吧？立木學長太可憐了～」她們臉上充滿了殘酷的好奇心。

但是沒有人知道事情真相。

初音繼續搭六點五十五分的公車上學。我在沒有學長的公車上一直低著頭。我下了公車，跟在初音的後面走過操場。來到球門前面，初音的步伐既沒有加快也沒有變慢。她抬頭挺胸，望著前方，直接走向樓梯口。

有一次，初音從鞋箱裡拿出的便鞋裡被人裝進骯髒的土。初音不動聲色，拿著鞋子在木隔板上把土敲掉，然後毅然穿上弄髒的便鞋。我隔著樓梯口的玻璃門，望著初音走上沒有人的樓梯。

我無動於衷地想著她應該快撐不下去了，在公車上看見初音的臉色一天比一天壞。本來她臉就夠小，現在面頰上的肉都沒了，比紙還薄的皮膚下青筋浮現，只有意志堅強的眼神沒有改變。

我第一次跟初音說話，是學長死後大約一個月，制服上衣換成長袖的那個月份。

那一天初音沒有下公車。車上的學生大家都下車了，只剩下我，初音仍舊握著柱子站著，好像那是通往某個地方的指標一樣。我雖然有點遲疑，但還是沒有下車。我突然覺得不能放她自己一個人。不知道自己為什麼會這麼想。以前我不僅羨慕初音，還曾經暗想要是她不在就好了。

司機好像覺得有點奇怪，但什麼也沒說，再度發車。公車沿著山路繼續往上，抵達了終點「綠山墓園」。

初音連頭也不回，直接走進墓園裡。晨光照亮了梯田狀斜坡上無數的墓碑。平台上鋪的砂礫之間長著草。一隻蟬在已經很涼的空氣中鳴叫，好像知道不會有人應和一樣，聲音聽起來很悲愴。

走到最上面，山頂上有個涼亭和石頭長凳，來掃墓的人可以在這裡休息。我遲疑著跟著她，她不可能沒發現。我鼓起勇氣在初音旁邊坐下，臀部透過裙子感覺到冰涼的石頭。

「這裡很不錯吧。」初音說。

從樹林間可以看見山坡下的小鎮。學校、車站和鐵軌都一覽無遺。初音家和學長的家在哪裡呢？但我連自己家都找不到。遠方的房舍看起來就像是亂七八糟的玩具箱，道路只是灰色的線條，建築的窗戶像是反光的魚鱗。

往來的車輛看起來好小，簡直跟上發條才會動的玩具一樣。世界上好像只有我們兩個活人。

「嗯。」

「我們常常一起到這裡來。」

「這樣啊。」

「總是搭那班公車嗎？」

「是啊。每天都看文庫本。大部分是小說吧。」

我們倆都不明說在講誰，沉默地坐了一會兒。高高的天空上有風箏飛舞。

「我一直都很喜歡他。」

我說。我忍不住，想說出來讓人聽到，非常想讓人知道。

「我就猜八成是這樣。」

初音說，然後她就咬著嘴唇低下頭。她的肩膀在顫抖，透明的水滴落在初音裙襬下雪白的膝蓋上。

為什麼，初音說。她用呻吟般小小的聲音反覆說了好多遍。蟬不知何時不叫了。我忍不住摟住初音瘦削的肩膀。

為什麼。要是有答案的話請告訴我，我想知道。為什麼呢？為什麼事情變成這樣呢？

「謠言全都是胡說。」

初音稍微平靜下來之後，抬起頭說道。她的面頰被淚水濡濕了。她果然很漂亮，我不合時宜地想著。

「喏，亞利沙，幫幫我。絕對不能就這樣結束，我一定要知道尚吾為什麼非死不可。」

初音叫我的名字讓我覺得很不好意思，因為這個名字跟平庸的我很不相配。我們分明是第一次說話，初音卻直接叫我的名字，讓我很是困惑。我們沒有這麼親密吧，你是在拿我開玩笑吧。我很想這麼說。

但結果我被初音火一般炙熱的憤怒和哀傷打敗了，只能點點頭。

不管是在公車上還是教室裡，初音和我都不說話，也不看著對方。

但在放學後學校的屋頂，清晨墓園的涼亭等周圍沒有人的地方，我們就喋喋不休。共有的祕密和揭露祕密的興奮，將我們連結在一起。

「據說他為成績煩惱？」

「我從來沒聽說過。」

初音回答了我的疑問。我們倆一一檢視謠言。

從屋頂上可以清楚地看到操場，看見學長自焚的地方。從上方看去只有那個地方有微微的黑影，好像還沒被人發現的島嶼一樣。運動社團的團員、放學的學生們往來時，都多少吸取了學長的成分吧。

我們靠著欄杆，背對著操場坐在屋頂上，望著冬天即將到來的天空說話。

初音的話描繪出我所不知道的學長。

尚吾非常會唸書，厲害到有點嚇人的地步。不管是英文單字還是歷史年號，只要看過一眼就不會忘記，然後在家裡做做參考書的練習題，就能掌握大部分的要領。不管考試出什麼內容，他腦袋裡都能自然浮現出解法。

只要不是技術類的考試，幾乎是所向無敵，學長好像曾經笑著這麼說過。事實上暑假時著名的補習班舉行的全國模擬考試，學長就考了第二名。學長不是會拿成績炫耀的那種人。初音玩笑地從學長手裡搶過成績單。

「嚇死我了。」

初音說。「全國第二名的考生就在我旁邊耶。」

「真的有這麼聰明的人啊。」

我根本就記不住英文單字。我連泡澡的時候都帶著單字卡，背誦硬編出來的打油詩，聽說讓身體「耳濡目染」很有幫助，就手舞足蹈用身體來拼字，但完全沒有用。我幾乎已經放棄了，我就是記不住英文單字。

「他是沒辦法忘記。」

初音略顯寂寥地笑著說。「只要是看見或聽見的事情，他的腦子就沒辦法忘記，所以我跟尚吾在一起總是有點緊張。」

「為什麼？」

「因為要是我說了奇怪的話，尚吾受傷了可怎麼辦。普通人就算受了傷，可以用其他事情排解，細節一下就忘記了，慢慢就會覺得：『啊，沒關係啦。』但是尚吾不一樣，他想忘也忘不了；他受的傷，讓他受傷的話他都會記得。這不是很可怕嗎？」

「嗯，果然有點可怕。」

學長早上搭公車的時候，視線從來不曾離開過文庫本。他不光只是專心看書，而是不想看見多餘的事情，所以逃避到文字的虛構世界裡吧。

「但是尚吾從來不說這種示弱的話。我們吵了架，我想著『啊——說了不該說的話。』心裡很沮喪。尚吾就會說：『不用介意。初音說的話我都左耳進右耳出，你想說什麼就說吧。』」

因為過目不忘而煩惱的高中男生，即便如此仍舊溫柔地關心女朋友，我覺得學長簡直像是獨角獸一樣虛幻的生物。

不是初音美化了學長，就是學長沒有讓初音看見自己軟弱的部分。初音講起學長的時候都用現在式，而且語氣親暱，讓我不知怎的有點不爽，開始刻薄起來。

「去問問跟學長親近的朋友，或者是一起上補習班的同學吧。」

我這麼提議，初音好像很不滿地說：「為什麼？」

「沒跟初音說的煩惱，或許會對朋友說也不一定。」

「尚吾跟大家都處得很好，但是沒有特別親近的朋友。補習班也只是去參加模擬考，平常並不去上課的。」

初音明顯地滿面怒容。

「說他們家缺錢是真的嗎？」

「我不太清楚，但應該是真的吧。尚吾跟他媽媽住在非常舊的公寓裡。」

「我想去看看。」

「去幹什麼？」

「可能會有日記還是筆記之類的東西留下來，這樣就可以知道學長在想什麼……」

「沒用吧？」

初音打斷我的話。「尚吾的媽媽好像在葬禮結束後就離開這裡了。公寓已經搬空了吧。」

「離開了？跟男人一起嗎？」

「誰曉得。」

初音笑了。「我說過了不是嗎？謠言都是假的；說我甩了尚吾也是，完全是胡說，被甩的是我好吧。」

「是嗎？什麼時候？」

就算學長跟初音分手，也並不會和我交往。學長都已經不在這個世界上了。雖然如此，我還是忍不住提高了嗓音。

「盂蘭盆節過後吧。」

「為什麼？」

「誰曉得。」

初音又說了一次，站起身來，隔著高高聳立的網欄往下望著操場。我看不清她的表情。屋頂上颳著冷風，初音披著的藍色開襟毛衣下襬迎風飄揚，看起來像是明知飛不起來卻仍舊振翅的鳥。

學長的媽媽搬家時是怎樣的心情呢？想到這一點那天晚上我輾轉難眠。

學長是那樣死的，葬禮也辦得很低調。我沒有去。我想去但是不能去。我並不想看到學長在遺照裡微笑，老師們似乎也不想讓很多學生參加，這好像是學長媽媽的意思，結果去參加葬禮的學生只有他們班的班長和副班長。

即便如此，還是有各種各樣的傳聞：「學長的媽媽哭得一塌糊塗」、「棺材是蓋著的，那當然啦」等等，但並沒有人說在葬禮上看到初音。

聽到學長甩了初音的傳聞時，我也覺得很奇怪。真的嗎？這樣的話學長為什麼非自殺不可，我越來越想不通了。在墓園見到初音流淚，以及她為什麼一定要知道學長自殺的理由，也都說不通。

當然啦，前男友甩了自己之後，突然自焚身亡，不管是誰都會震驚混亂的，或許都會想知道到底為什麼而探詢理由。

但是她為什麼來找我呢？

因為我跟學長搭同一班公車嗎？因為我跟初音一樣喜歡學長嗎？因為覺得可以跟我一起分擔哀傷嗎？

我睡眠不足，昏昏沉沉地跟初音一起搭到公車的終點站，並肩坐在涼亭的石凳上。被冷風吹拂的墓碑每一座都乾燥泛白。

「學長知道我這個人嗎？」

我突然想起來問道。但是我的聲音很小，初音好像沒聽到，她一直默默地望著山腳下的小鎮。我本來以為她沒聽到，打算放棄。

初音伸手過來覆住我放在膝蓋上的手，她的指尖非常冰冷。

「這麼說來，尚吾說過：『早上的公車上有個大概是跟初音同班的女生。』我問他說：

『這樣啊，是誰？』他說：『頭髮長長的，看起來很文靜的女生。』我第一次搭那班公車的時候，心裡就想一定是亞利沙。」

我高興得眼淚都快掉下來了。學長知道有我這個人，他知道我存在。

我再度決定要解開學長自殺之謎。為了初音，也為了我自己。

我死纏爛打著不放，初音終於敗下陣來，帶我去了學長生前住的公寓。

放學時我們分別搭了不同的公車，在鎮上下車，約在車站前的書店見面。那是一家個人經營的小書店，店裡只有兩排書架。我在狹窄的店面裡像魚一樣來回遊走，跟後來出現的初音視線相交，然後什麼也沒買就離開了書店。收銀機後面的店主瞪了我一眼。

我穿越平交道，第一次踏上鐵軌另一邊的地區。我家在搭電車只要五分鐘的下一站，對我而言離學校最近的車站只是換搭公車的地方而已。我很少在車站前閒逛，車站另外一邊是怎樣的光景，我連想都沒想過。

我走過小工廠和住宅密集的地區。細細的河流邊建著水泥堤防，河川兩岸都是古老的兩層木製住宅，很多人家都把衣服晾在屋簷下。道路兩邊偶爾響起彷彿是金屬軋製的沉重噪音，跟車庫差不多大的小工廠裡的大叔不知道在切割什麼，火花四濺，藥物的氣味刺激著鼻子黏膜。

這個地方整體給人的印象是灰色的。就像是夢裡出現的場景，沉靜凝重，一切的輪廓都十分曖昧。走了大約五分鐘，初音就從河邊的道路轉進巷子，又走了約十分鐘吧，就在我開始擔心自己一個人可能找不到路回家的時候，就到了學長住的公寓建築。一樓和二樓各有三戶人家。露天的樓梯生鏽泛紅，老公寓看起來好像已經有三十年的歷史。

「那一家。」

初音指著一樓最後面的那一戶。好像還沒有人搬進去的樣子，大門上的投信口用膠帶封著，門旁邊的名牌上還插著寫有「立木」字樣的厚紙片。我害怕起來。

不久之前學長還住在這裡，但現在已經不在了，不在任何地方了。竟然這麼簡單嗎？連學長這樣的人都能這麼輕易地就完全消失的話，那我會變得如何呢？絕對不會有人去看我住在哪裡的。不，一定連我曾經存在過的事實都沒人發現，就這樣消失了。

我呆呆地站在門口，初音不理我，逕自在生鏽的樓梯下面蹲下，好像想打開地上一個藍色方形的蓋子。

「你在幹什麼？」

「都到這裡來了，不進去看一下就回去不是太蠢了嗎。看，在這裡。」

初音舉起銀色的鑰匙。應該是仲介偷懶把鑰匙放在水管總開關那裡。

我們開門進入空屋，屋裡散發著霉味和下水道微微的臭味。一上玄關就立刻是廚房，木板地上還留著餐桌桌腳的印子；過了廚房是兩坪半的房間，廚房右邊是另一個兩坪半的房間和通往廁所及小浴室的門。

隔間的拉門全都是打開的，兩個兩坪半的房間一覽無遺。室內還有一些家具：小櫃子、空空如也的餐具架、搖搖晃晃的燈罩、被曬得褪色之前好像是藍色的窗簾。

「尚吾的房間在這裡。」

初音走進右手邊的兩坪半房間。「馬上就要天黑了，得快點找。」

「找什麼？」

「不是要找日記或筆記之類的嗎？亞利沙你自己說的啊。」

初音打開衣櫥的門，趴下來爬進去。我站在房中央。雖說要找，但學長房間裡只剩下窗簾和燈罩。「快點啊。」初音催我，我沒辦法只好拉拉窗簾，搖晃燈罩，但只有塵埃在橘色的夕陽餘暉中飛舞。

學長在這裡過著怎樣的日子呢？我沒有別的事做，開始胡思亂想，但我沒有什麼根據可供猜想。牆壁跟天花板都沒有貼過海報的痕跡，我連他喜歡哪個偶像或運動選手都沒辦法知道。

「找到了。」

初音說。她從衣櫥分隔板上下來，手裡拿著一個細長的白色信封。初音把信封打開，拿出幾張便箋，紙上有整齊的黑色原子筆字跡。

「這是哪來的？」我用顫抖的聲音詢問。

「貼在那上面。」

初音仍舊望著便箋，指著衣櫥的天花板。

「真的是學長的筆跡？」

「嗯。」

我走到初音旁邊，望向便箋。我覺得把遺書貼在衣櫥裡很奇怪，但看見文字內容我的想法立刻就改變了。學長一定知道要是他母親發現遺書的話，絕對會處理掉；要不就是知道他母親會把兒子的東西全部清光，然後像逃走一樣立刻搬家也說不定，所以他才刻意把遺書藏在衣櫥裡。

他相信初音或是我一定會調查真相的。

我決定明天自殺。事出突然，應該會有人震驚難過，但我從很久以前就打算這麼做了，所以慢慢地整理身邊的事物，好讓大家不會難過。給各位造成不便，我在此先行道歉。

我的死是抗議。我知道木下老師在跟家母交往。因為家母看起來很幸福，所以我什麼也沒說。但是暑假開始之後家母的樣子很奇怪，在我詢問之下，她說木下老師要跟別的女士結婚了。家母年輕的時候就跟家父離婚，自己一個人辛苦地把我帶大。家母雖然說「這也是沒辦法的事」，但我無法認同。她嘴裡說「沒辦法」，卻生起病來，我必須安慰母親，也十分疲累。

我覺得一切都無所謂了。我開始厭惡年紀不小了還迷戀男人、拿兒子出氣的母親。我出生之後就開始厭惡一切，厭惡我的生活。就算有怎樣不同的未來在等著我，我的腦子仍舊不讓我忘記。現在的屈辱和憤怒，永遠不會成為過去。

這樣的話就只能把腦子也燒成焦炭了。我只可惜不能看到木下老師的表情，說不定他會無動於衷也未可知。就像這樣，愛情、戀慕、言語和罪惡都能立刻忘記，若無其事地繼續生活下去，這是我終究學不來的。

立木尚吾

木下教日本史，也是學長他們班的導師，大概已經三十幾歲了。他戴著眼鏡，看起來很平凡，但他待人很好，講課也很容易理解，似乎滿受學生歡迎。

他一定去參加了學長的葬禮，那時到底是怎樣的表情呢？他是不是跟學長的媽媽眉目傳情？是不是若無其事地摟住她悲痛下垂的肩膀？這就是所謂的厚顏無恥。

我在學校裡並沒聽說木下要結婚，木下上課的態度也看不出任何改變。

我說要把學長的遺書給別人看，不管是校長還是爸媽，只要是大人就可以。但是初音說給大人看一定會被當成沒這件事，所以她不願意。她說就我們兩個暗地調查，我們兩個來制裁木下就好，於是把遺書拿走了。我沒法反對。學長之所以甩了初音，是因為不想讓她傷心，既然知道了這個事實，學長的遺書就屬於初音。

調查木下成了我的任務。我不是能言善道的人，也不會臨機應變。我說我辦不到的，但初音只拼命說「拜託啦。」

「除了當值日生的時候之外，我也從來沒去過教職員辦公室，而且老師們應該都知道我跟尚吾交往吧，要是我突然常常去那裡，木下會起疑心的。亞利沙絕對比較適合，沒問題的。」

我假裝不瞭解上課的內容，到辦公室去找木下問問題。日本史這種科目只要死背就好了，要找出問題來問還真不容易，雖然這樣我還是設法想出問題去問木下。

木下幾乎總是在社會科準備室裡，簡直像是在教職員辦公室待不下去一樣。「喔，你決定要考日本史啦，加油喔。」我每次去他都和藹地說，然後打開教科書和參考書，仔細地教我。

社會科準備室不分年級，常常有幾個女學生聚集在那裡，她們好像不是要問問題。她們愉快地笑著取笑木下，木下也大方地說：「你們不要在這裡搗亂了，快回教室去。」我是不太明白，但大家可能覺得他是個平庸但誠實又穩重的男人，或許有女人覺得這樣的人很有吸引力吧。

我去了好幾次，終於碰到木下自己一個人在社會科準備室裡。我緊張地瞪著說明旗本和御家人差異的木下的髮旋。

坐在我對面的木下說：「聽懂了嗎？」

他把教科書合上遞給我。

「那個……」

我不假思索地說。木下抬眼望著我的臉，他的眼神裡有著彷彿是笑意的從容。難道他以為我要跟他告白嗎？他可能想著這傢伙最近常常來問問題，果然是喜歡我吧。真是的。

我氣得簡直無法呼吸。只要想到自己的態度有一丁點讓木下可以這樣自鳴得意，就屈辱地想尖叫。我想起球門前面的黑影，陰暗破舊的公寓，深吸了一口氣。

「那個……我聽說老師要結婚了。」

木下變得面無表情。我無法判別他是大失所望想著「什麼，原來是這件事啊」，還是頓時大驚失色。

「你是聽誰說的？」

「我去辦公室的時候偶爾聽到的。」

「這樣啊。」

木下再度笑起來。「先不要跟別人說啊。」

「恭喜老師。什麼時候舉行婚禮？」

「嗯——預定十一月中旬吧。」

「那很快了啊。」

我拿起教科書，行禮後離開了房間。

不能原諒，不能原諒。那個男人真是太過分了。我衝上樓梯，看見在屋頂等我的初音，忍不住哭了起來。

「木下那傢伙，笑著說十一月喔。太過分了吧？學長都自殺了！」

「我們要怎麼對付他呢？」

初音撫摸著我的頭髮，一面好像唱歌似的說。「我呢，只要能讓木下知道自己幹了什麼好事，就算死掉也無所謂。你覺得呢？」

十一月一開始的朝會上，教務主任宣布了木下要結婚的消息。操場上響起拍手的聲音，我和初音空虛地站著，在學長自殺的操場上。

怎麼辦才好呢？我還想不出任何辦法，星期五就到了，木下週末就要舉行婚禮了。我心不在焉地上著午休前的英文課。初音早上雖然搭了公車，但一直都沒來上課。她上哪兒去了呢？今天非得想出辦法不可，我萬分焦急，但初音不在的話我就束手無策。我百無聊賴地聽著老師講課。

突然操場方向傳來騷動的聲音。我的座位在窗邊，轉頭就看得到窗外。穿著運動服的一年級學生抬頭望著天空，不知在說些什麼。是出現彩虹了嗎？我正要將視線轉回教室內，卻看到連體育老師也抬頭看著。

他們不是看著天空，是屋頂。

發現這一點的同時，體育老師的聲音透過窗子隱約傳來。

「楢崎，不要這樣！」

老師們紛紛從辦公室走到操場上。我猛地站起來，越過驚訝的英文老師前面，飛奔到走廊上。這個時候各間教室都喧鬧起來。我一步跨兩階跑上樓。「不要過來，不要靠近。」初音好像用了擴音器，她的聲音聽起來很沙啞。

通往屋頂的門口擠滿了教室離得最近的三年級學生。好幾個老師想要控制擠在門口的學生，大聲怒吼道：「快點回教室！」我死命擠進人群，來到門邊。

我看見沐浴在冬天日光下的屋頂。初音坐在欄杆上，面對著下面的操場。

「初音！」

我大聲叫道。「初音，我也去！」

老師們攔住我，我拼命掙扎。初音轉過頭來微微一笑。

「讓亞利沙過來，要不然我就跳下去。」

我越過空無一人的屋頂，來到網欄下方。

「你看，風景真不錯。」

初音扭過身子，對我伸出左手，她右手握著從體育倉庫裡拿來的大聲公。看見初音沒有任何支撐，操場上和門口的眾人都發出驚叫。

「網子會晃，你抓緊了。」

我說。看見初音的左手抓住網欄之後，我也爬上去跟初音一樣坐在欄杆上。校舍是四層樓建築，網欄外側只有屋頂延伸出去的水泥地而已。操場離得好遠，但我並不覺得害怕，真是不可思議。

風很大。冰冷的空氣改變了淺藍天空中雲的形狀。

操場上緊張地抬頭看著這裡的人群中，也出現了木下僵硬的面孔。是啊，你知道是怎麼回事，你知道我們打算幹什麼吧。

我笑起來，隔壁的初音也笑了。我的右手和初音的左手在欄杆上相疊。初音的手跟平常不一樣，感覺很溫暖。現在這裡分明這麼冷，我覺得很奇怪。

「你們中間有一個非常卑鄙的人。」

初音用大聲公說。「有背叛了別人的人。」

初音跟我都望著木下。操場上的學生們注意到我們都看著某一個地方，開始找尋視線的目標。「難道是」，「不會吧」，竊竊私語氾濫開來，木下周圍自然而然地空出了一圈。

「要是不自己站出來的話，我們就跳下去。」

她都這麼說了，但是木下仍舊沒有動作。初音放下大聲公，轉頭望著我；我也下定了決心，望著初音。我們倆鬆開手，站在網欄外側的水泥邊緣上，邊緣的寬度只有五十公分左右。尖叫變大聲了。我伸手往後抓住網子，穩住身體。

警笛的聲音沿著坡道傳來，警車進了操場。教務主任跑過去，麥克風終於拿來了。

「你們兩個。」校長叫道。

「閉嘴！」初音大叫，校長立刻閉上嘴。

學生們不由自主地竊笑起來。

「不准你們說已經忘記了。」

初音伸出左手，指向球門前面。操場上大家都轉過頭去看，然後又轉回來。每個學生的眼中都閃著期待、好奇，以及對掩蓋真相持續下去的日常生活無法壓抑的憤怒。

中年的數學老師為緊張的空氣所迫，從屋頂上的門口走過來。「有話要說的話我們會聽的。」他用諂媚的聲音說。

我們鬆開抓住金屬網的手，走到水泥的邊緣。初音用一隻腳懸空甩下便鞋，操場上一片騷然，數學老師在屋頂中間停下腳步。

「我數到十。要不就出面，要不就默默看著我們兩個死掉。你選吧。」

初音再度用雙腳站穩，我稍微安心了一點。從這裡跳下去的話，應該連覺得痛的時間都沒有就立刻死掉吧；但要是萬一全身骨折了卻沒死，那可怎麼辦呢。不管是死了還是活著，爸媽都會又生氣又傷心的說「為什麼做這種蠢事」吧。對不起，但我不是自己一個人，初音跟我一起。為了死掉之後仍舊被大人無視背叛的學長，我們倆也要死。

絕對不讓大家忘記，絕對不讓大家假裝忘記。

雀躍感像閃電一般貫穿了我們，讓我們成為兩根閃閃發光的柱子。

我和初音手牽手，膝蓋用力。數數已經過了五，我們用顫抖的腳調整重心。有人閉上眼睛轉過頭；有人呆呆張著嘴瞪視；還有人興奮地用手機拍照，互相交談。背後傳來「不要這樣」的哀嚎，但我們沒有回頭。

「八。」

初音說。我們交握的雙手滲著不知是誰的掌心冒出的汗。

初音深吸一口氣，要數到九的時候，木下跪在操場上。然後他彎身把雙手貼在地面上，對著屋頂垂下頭。

一陣靜默之後，學校裡響起不知是歡呼還是怒吼的聲音，幾個老師慌張地把被學生包圍的木下帶回辦公室去。

我們望向底下的騷動，迎風站著。

學長自殺看來是木下的錯；木下和學長的媽媽之間好像有點什麼。這種流言傳開的時候，我才慢慢醒悟過來。

我是不是被初音騙了呢？

不會吧，我想打消自己的疑慮，但是初音連看都不肯看我。我在墓園的涼亭等她，她也不出現。她好像不想再跟我說話了。

我的朋友們問：「那是怎麼回事？」「你幹嘛要跟楢崎一起到屋頂上去？你們又不要好啊。」她們想知道原因，但我只笑著蒙混過去。我被老師和爸媽狠狠地教訓責問，但我什麼也沒說。

木下在第二年的春天調到別的縣立高中。這是原來就決定的，還是因為那場騷動才被調職的，我們無從得知，但婚禮似乎是依照原訂計畫舉行了。

我分明沒有跟任何人吐露一個字，但初音卻成了替男朋友復仇的悲劇女英雄。初音不再搭六點五十五分的公車。她被化妝妖怪們簇擁著，美麗沉靜地微笑。

一切都恢復了原狀。

平庸的我只不過是被利用當了共犯，然後用完就丟嗎？

我又混亂又生氣。初音說謊，初音好卑鄙，說學長知道我這個人也是胡扯的。但是我沒有勇氣質問初音。到底有誰能傾聽我的憤怒呢？有誰能安慰我的控訴呢？美麗的初音和平庸的我；揭露罪行的初音，跟連站在她旁邊都立刻被人遺忘的我。

我只默默地一再反芻嚇人的疑惑。

要是學長的遺書是初音偽造的呢？

跟木下交往的不是學長的母親，而是初音吧？我沒有任何根據，但也沒有證據能證明學長的遺書是真的。我不認識學長的筆跡，遺書看起來像是男生的字，但也有可能是初音或是別人寫的。初音隨便找都有一大把願意聽她的話的男朋友吧。

初音跟木下交往，甩了學長，學長絕望之下在新學期的前一天澆了燈油自殺，球門正對著木下在辦公室裡的座位。木下那天可能有來學校，看見學長燒起來，拿著滅火器趕去的可能是木下也說不定。這只是猜想而已。但是木下確實每天都在社會科準備室，彷彿像是要避開學長自焚的場所一樣。

學長自殺當然嚇到了初音，所以她才每天搭學長搭的那班公車，弔念學長。

但是她來跟我說話，是因為聽說了木下要跟別的女人結婚。學長死後一直被流言困擾的初音，想把責任推到甩了自己的木下身上。這麼做需要共犯，這樣就有人證明學長自殺完全跟初音無關，全都是木下的錯。非常方便好用的共犯。

這麼一想一切就說得通了。初音突然親熱地叫我「亞利沙」；遺書藏在衣櫥的天花板上；甚至那間公寓到底是不是學長的家都很可疑。

初音唯一的誤算就是我對這次騷動一言不發，而我是基於跟初音的友情才不說話的，於是初音只好自己傳播謠言，利用謠言把自己塑造成悲劇的女英雄。化妝妖怪們想知道真相追問的時候，初音一定刻意露出哀傷的表情吧。

我嗤笑起來；不只嗤笑，還覺得空虛。

到了這個地步，我心中仍有某處是相信初音的。

初音的眼淚不是假的。她顫抖的肩膀、提起學長都用現在式、她的憤怒和悲傷都是真的。我沒辦法不這麼想，沒有辦法壓抑這種心情。

跟初音一起站在屋頂上的時候，我覺得好像完全瞭解了人心。用死來當武器的那個瞬間，要人屈服或是原諒別人，都在我們的一念之間。

我們簡直跟神一樣，能夠解讀別人的感情和思緒，發揮力量。

但是結果原本已經掌握的真相卻消失了。學長為何選擇自殺，我仍舊毫無頭緒；初音到底在想什麼，我自己到底想要什麼，也都沒有答案。

從今以後我也會像以前那樣活下去吧。不引人注目，也沒有人特別需要我，謎題跟祕密仍舊完全無解，只能這樣平淡地活下去。

然而那件事確實靜靜地沉浸在我們內心深處。就像淺紫的天空掠過閃光，片刻之後響起雷聲一樣；就像湖泊中央泛起的銀色波紋，漸漸擴大到岸邊一樣。

那件事慢慢地逼近，侵蝕著我們的心。不對，是把我們的心打磨成新的形狀也說不定。就像刀或寶石一樣，可以熬過漫長的歲月。

就算經過數十年，紅色的火焰還是會照亮黑暗，不讓大家忘記。

第六站

繁星夜遊

活人和死人的界限在哪裡呢？
兩者的差別
是在總有一天能再見面的保證嗎？

說起來真是有夠瞎，但我有好一陣子沒發現香那其實已經死了。

香那到我家來的時候，大概是午夜時分。我本來在寫報告，聽到有人從外面樓梯上來的動靜，就起來過去開門。

「好晚啊。」

「對不起。已經這麼晚了，不知道為什麼超市還很多人。打工的職員好像是新人，收銀台排得好長，花了好多時間。」

香那跟濕熱的空氣一起進入玄關。她背後的路燈發出青白的光芒，燈下有好多小飛蟲。香那笑容滿面，她的頭髮散發出甜甜的香味。她穿著無袖的藍色洋裝，光腳套著懶人鞋，兩手空空。

「那你買的東西呢？」

香那低頭看了自己的雙手一眼，然後又笑著望向我。

「太花時間了，結果我什麼也沒買。」

「太傻了你。本來要買的東西呢？一個一個放回架子上嗎？」

「嗯。」

「那樣更花時間吧。」

算了，進來吧。我催促香那，然後到廚房去看冰箱裡有什麼。我聽見門關上的聲音，香那走過廚房到裡面的三坪房間坐下。

「啊～好涼快。」

「用剩下的東西可以做炒飯。要吃嗎？」

「不知道。阿英呢？」

「我早就吃過了。你說十點要來的，也太晚了一點，是不是打工延長了啊？」

「嗯，還好啦。」

我把乾掉的蔥和只有半根的紅蘿蔔洗了一下，切成細絲。

「你要做什麼？」

「就說炒飯啊。」

我回答，轉過頭去看見香那充滿期待地打算起身。「你坐著吧。擔心食用期限嗎？」

「不擔心。」

「差一點點到期啦。」

我望著從冰箱裡拿出來的火腿，笑著說。我把火腿也切成小塊，輕輕翻炒材料。

我心裡暗暗懷疑。香那是不是和打工地方的店長搞上了呢？去影視出租店打工的日子她都說要加班，很晚才到我這裡來。我們倆在一起的時候，店長也不時打香那的手機。雖然我說不要理他，香那還是會接電話，說「那天可以喔」之類的，跟他討論排班。到底是不是在討論排班，我很懷疑。

「我打了好幾次你的手機都沒人接，至少轉接語音信箱吧。」

「真的啊，咦～我好像把手機忘在家裡了。」

我把蛋打進炒鍋，確認蛋半熟之後，把電鍋裡的剩飯加進去，撒上中華料理調味粉、鹽和胡椒。

「沒帶手機也用公共電話聯絡一下吧。從店裡過來一路上都很暗，我都說了多少次要去接你。」

「現在已經沒有公共電話了啦。」

「那就借店裡的電話。」

「我知道了。下次會打。」

香那不喜歡我管她。那個時候似乎也有點不高興，但我把炒飯放在矮桌上，她就又笑起來了。

「好像很好吃耶。我開動了。」

「請用。」

我在窗前的書桌旁坐下，望著筆記型電腦的螢幕。做炒飯的時候就過了午夜，已經到了交報告的當天期限了。我已經盡量看了之前的研究論文，熟讀了教科書相應的部分，還考慮過自己的實驗數據，接下來只要寫成報告就好了。但這真是麻煩啊。我可以把數據列成一目瞭然的表格，然後清楚地口頭說明脈絡，但要我寫成文章簡直不如殺了我。我自暴自棄地敲打著鍵盤。

「對了，香那你明天——不，已經今天了，要考試嗎？」

「要。從第一節開始。」

「那我們一起出門吧。我第二節才開始考試，但一大早就得把報告交到教務處去。」

「來得及嗎？」

「大概可以。」

我一面伸懶腰，一面望著香那。香那完全沒碰炒飯。熱氣已經消失，盤子上的飯粒也都變硬。

「怎麼了，你不吃嗎？」

「嗯。」

「不舒服嗎？」

「沒有。」

香那露出為難的表情。「大半夜吃這個會變胖吧。」

那我在做的時候你說「不要」就好了啊。我心裡雖然這麼想，但還是忍住沒說出口。香那一定會反駁：「我還沒來得及說，阿英就開始做了啊。」我不想跟她吵架。我做炒飯雖然不是什麼大不了的事情要讓她感激，但確實有想讓香那覺得「我什麼事情都願意為你做」的意思在內。

「那就用保鮮膜包起來放冰箱。我還要再做一會兒，你先去洗澡睡覺吧。」

「嗯，不好意思，阿英。」

我想繼續寫報告，但香那在我背後讓我沒辦法專心。香那一動也不動，面對著炒飯坐著。搞什麼啊，真是的。我不爽地站起來，拿著盤子到廚房去，動作有點粗暴也是沒辦法的事。

香那搞不好是想跟我提分手。這樣的話要說就快說啊，我一面這麼想，但同時又希望不要是這樣就好。我害怕改變現狀，結果只是假裝若無其事。我從香那旁邊走過，既不看她也不跟她說話，對著電腦做出在寫報告的樣子。先是裝樣子，後來就真的埋頭寫了，最後專心得完全忘了香那的存在。

報告終於寫好，用印表機印出來的時候，已經凌晨三點多了。我把報告加上封面紙用釘書機釘起來，然後把考試科目的筆記和課本一起放進書包裡。準備完畢。

香那把腳伸在矮桌底下，躺在榻榻米上睡著了，澡也沒洗，也沒換睡衣。我本來想把她叫起來，但看她睡得很熟就算了。我從衣櫥裡拿出毛巾被，替香那蓋上。我的手碰到她裸露的肩膀，感覺涼涼的。

我把冷氣設定的溫度往上調，上床睡覺。

第二天早上香那仍舊什麼也沒吃。她說：「大概是中暑了吧。」我有點擔心，很快洗了澡換衣服。雖然把溫度調高了，但冷氣開一整夜可能還是不太好。香那在打工的影視出租店也一直吹著冷氣。

想到「影視出租店」這個詞，擔心就被不爽取代。香那從以前開始血壓就很低，我特地做了早飯她也常常不吃。反正到了中午就會忘記食慾不振，到學校餐廳去吃飯了，我想不用管她也沒關係。

香那沒有洗澡，好像只在洗手台洗了臉而已。我以為她一定會有汗味，偷偷地深吸了一口氣，但只聞到甜甜的香味。女孩子真是不可思議的生物。現在是七月，梅雨季節已經結束。我會滿身臭汗，不洗澡根本無法出門。

我開車去大學。在這附近開車是很普通的事，學生們大概都有中古車。大學城說起來很好聽，其實就是空曠的鄉下，只有大學和研究機構的地方。大學離車站很遠，而且校園也非常廣大，進了校門要到系所還遠得很，所以幾乎所有的學生都開車。學校方面並沒禁止車輛進入，停車場也夠大。真的，這地方什麼沒有就是空地多。

我的愛車是爸媽出錢買的中古March，顏色是杏子色，圓圓的造型好像有點太過可愛，但以里程數來說價格很合理，所以就買了。反正我坐上車就看不到顏色跟形狀。

香那很喜歡我的車。我住的公寓跟香那住的地方都在車站和大學的中間，但是香那等於是跟我過著半同居的生活。香那自己沒有車，跟我一起住上學比較方便。我們上的大學學生的同居率不是普通的高，在無聊的大學城裡沒有其他事可做，城裡泌尿科跟婦產科四處林立。這裡的性病罹患率和墮胎率之高，對我這種醫學院的學生來說，根本是連謠傳都算不上的事實。

我讓香那坐在駕駛座旁邊，開著March大約十分鐘就到了大學，先把香那送到文學系的大樓。我跟平常一樣把車停在樹蔭下，下車繞過去替她開車門。平常香那總是在座位上拿包包啦，脫外套啦，磨磨蹭蹭的，但今天她卻兩手空空。

「你不是要考試嗎？連文具都不帶啊。」

「沒關係沒關係，我可以跟朋友借。阿英，謝謝。我午休時再去找你。」

「你有腳踏車嗎？」

「本來就放在學校裡。」

香那下了車，揮手說「晚點見」，然後朝校舍走去。

我再度上了車，開往校園最裡面的醫學院。

我交了報告，第二節考了解剖學。雖然是臨時抱佛腳，但考得還滿順手。早上匆匆忙忙的，我也沒吃早餐，現在肚子就餓了。我離開校舍，走向主要是醫學院和理工學院的學生使用的餐廳。不知何時香那已經來到我身邊了。

「很快嘛。」

「嗯，拼命踩了腳踏車。」

話雖如此，她卻一滴汗也沒流。

我正要走進餐廳那棟樓的時候，有人叫住我。

「佐佐木同學！」

是跟我同一個社團，和香那也很好的文學院的下條小姐。下條小姐在我們前面停下腳踏車，緩過一口氣。

「找到你太好了。我打了電話，但是轉到語音信箱了。」

「啊，不好意思。」

我從口袋裡掏出手機。「我在考試，把手機關掉了。有急事嗎？」

「你知道香那在哪裡嗎？」

「啥？」

我輪流望著下條小姐和旁邊香那的臉。香那面無表情。

「明天要考試了，她還沒把文學史的筆記還給我。我昨天打電話給她沒人接，她今天也沒來上學。」

「香那不是在這裡嗎？」

我指著旁邊，這次輪到下條小姐說：「啥？」她輪流望著我和我旁邊的香那，「這可不是開玩笑的時候。」她忿忿地說。

我也並不是在開玩笑，但下條小姐的樣子也不是開玩笑。

不會吧，我心想。雖然陽光普照，我卻覺得自己臉上血色盡失。

「我看見香那會跟她說的。」

我對下條小姐說。「你過來。」我抓住香那的手腕。不對，應該說我想要抓住她的手腕，但是我的手指卻好像從冰冷的果凍中穿過一樣，透過了香那的身體，在空中握成拳頭。下條小姐訝異地看著我。我急急放下手，總而言之三十六計走為上策。香那跟著我走開。

「一定要跟她說喔。」下條小姐在我背後強調。

我費了好大勁才走到建築物後面沒有人的地方。我好像貧血一樣頭昏眼花，一屁股坐在水泥階梯上。香那也毫不顧忌地在我身旁坐下。

「你難道已經死了嗎？」

我這麼問。香那歪著頭說：

「唔～我也搞不清楚。好像是吧。」

「什麼時候的事！」

「昨天晚上吧，好像是。我記不得了。」

「你到我家來的時候，就已經死了吧？」

「大概喔。」

這種對話讓人覺得快發瘋了。或許我已經瘋了也說不定。

我從小就能看見鬼魂。它們的外觀和質感跟真人幾乎沒有不同，我時不時就會看到。

我老家附近的十字路口總是站著一個歐巴桑，遠足去的城址公園裡有武士用麥麩餵池塘裡的鯉魚，但是鯉魚對武士和麥麩都渾然不覺。我還看過披著獸皮在大街上走的疑似繩文人。不只是人，連貓、狗、小鳥的鬼魂都看得見。老家的陽台上有只有我能看見的楠木大樹。中學上生物課的時候，大家用顯微鏡觀察玻片上的水蚤，大家都只畫了一隻，只有我畫了兩隻。大概是剛死不久的水蚤靈魂也被我看見了吧。

我的爸媽都是醫生，我小時候他們都跟我解釋得很清楚，說是我看錯了。我也覺得是我看錯了。要是所有的生命形體都有靈魂，死了之後還保留原來的樣子留在這個世界上的話，那全世界早就擠滿了死人、死動物跟死植物了。我看見的靈魂密度跟地球上死掉的生命數量比起來簡直微不足道，所以我想是我看錯了。我從來沒跟別人說過我看得見鬼魂，我爸媽應該也忘記了我小時候說過我看見鬼的事了吧。

總而言之，看來香那是死了，而且現在就在我旁邊。我為了確定起見再度伸出手，我的手感覺到一陣涼意，穿透了香那的身體。我昨天中午還見過她的，然後現在看到她的靈魂都不知道她已經死了。要說這是我看錯了，理論跟時間順序上都說不通。果然是因為我有看見靈魂的能力，所以自然就覺得香那是變成鬼魂了吧。這種「自然現象」突如其來，時有時無。我自己是學醫的，我的常識也難以接受，但因為看的見，所以也是沒辦法的事。

「到底是怎麼回事？」

我努力克制慌亂。「香那真的死了嗎？」

「我自己沒什麼感覺就是了。」

「鬼魂的世界是怎麼構成的呢？是因為對這個世界還有留戀，所以才留下來嗎？」

「留戀，嗯，留戀是有啦。我還這麼年輕，一點也不想死。雖然都已經死了，但是仍然不覺得死了。」

「為什麼死了？」

「我不知道。只不過我記得想去找阿英，然後就站在阿英家的門口了。」

這麼說來香那的留戀是我了。我壓抑不住愛意，摟住果凍狀的香那，得小心地輕輕摟住，才不會把她擠扁了。

「你能成佛嗎？」

「好像沒辦法。」

「沒看見發光的道路，還是已經死掉的奶奶跟你招手，其他靈魂叫你過去嗎？」

「什麼都沒有。我奶奶跟外婆都還活著耶。我看見的東西跟活著的時候完全一樣。」

「真糟糕。」

「嗯。」

總之我不去考試不行，所以就回到醫學院，一面考試肚子一面叫。香那已經不用在我面前假裝她還活著，就抱著膝蓋坐在講台的角落，偶爾走到我桌子旁邊悄悄說：「愛怎麼作弊都可以喔～」但我揮手拒絕。隔壁的男生注意到我的動作，厭煩地瞥了我一眼。

香那坐車跟我一起回家，然後我們從那裡走向影視出租店。

「回想一下昨天晚上的事。你什麼時候離開店裡的？」

「好像是十一點左右吧。打工結束後跟店長講了半小時的話。」

「講什麼？」

「哪有什麼，就排班之類的啊。」

蟬在行道樹上鳴叫，不知是不是剛從土裡鑽出來，聲音聽起來像是沒睡醒。偶爾有車開過褪色的柏油路。我們倆並肩走在人行道上，地上的影子只有我一個。

「然後就去了超市嗎？」

「對，昨天我雖然跟阿英說沒買，但其實買了肉和青菜什麼的，有兩大袋呢，應該掉在哪裡了吧。」

香那站在前面看著路邊。這裡是從我家到超市的捷徑，小路連人行道都沒有，一邊是樹林，晚上很暗，幾乎沒有行人。

「我跟你說了多少次叫你不要走這裡。」

「但是我急著想早點去阿英家啊。」

我在路邊發現一點血跡和煞車的痕跡。

「難道你被車撞了嗎？」

「好像是這樣。但是我的屍體到哪去了呢？還有我的購物袋和手機。」

「你不是說手機忘在家裡了嗎？」

「那是騙你的。我心想我好像死了耶，但要是阿英發現了把我趕走可怎麼辦，所以就隨便編了一個謊話。」

我有香那家的鑰匙。我們去了她家。公寓的腳踏車停車場停著眼熟的腳踏車，看來她說放在學校也是編的。

她本人就在我旁邊，用我的鑰匙進入她家感覺很奇怪。屋裡很熱。

「不要把窗簾拉開在窗子前面晾內褲啦。」

「這有什麼辦法，我怎麼知道阿英要來。」

「不是我要不要來的問題，是叫你小心壞人。」

香那都已經變成鬼了，還叫她小心壞人是怎樣。我找了一下，並沒找到她的手機。我拿著下條小姐借給香那的文學史筆記離開了房間。

影視出租店的店長是個將近三十歲、感覺有點輕浮的男人。我說香那從昨天晚上就沒回家，他露出驚訝的樣子。

「香那十一點就離開店裡了。你是哪位？」

「我是香那的男朋友。」

我自傲地說，但店長只漫不經心地回道「喔，是你啊」，讓我頓時洩了氣。

「她可能回自己的公寓了，要不然就是去住朋友家了吧。」

開什麼玩笑，香那已經變成鬼了，就在我旁邊。我很想這麼說，但還是忍住了。香那好像也很不自在。

我在香那催促下打電話給下條小姐。我在超市門口等待，下條小姐騎著腳踏車來了。

「剛才我去了香那家，筆記還你。」

「香那呢？」

「不在家。她說昨天晚上要來我家，也還是沒來。我本來以為她在家裡睡懶覺的，真是怪了。」

「她上哪兒去了呢？」

我帶下條小姐去看小路上的血跡。

「你覺得怎樣？」

「去報警是不是比較好。」

果然是這樣。香那也在旁邊點頭。我打了一一〇。警察一開始似乎覺得香那是到哪兒去玩了，自己搞失蹤的，並不想理會我，但我堅持說路面上有看起來像是車禍的痕跡。警察終於來測量道路的寬度，給煞車的痕跡拍照，採取遺留的血跡等等。

我和下條小姐都被帶到警局做了筆錄，香那也跟我們一起去。我把跟下條小姐說的話跟警察說了一遍。可能是我有被害妄想，但一直被人懷疑的感覺讓人很不好受。

天早就已經黑了，我和香那一起回家。香那心情很壞。

「我以前就有點覺得，阿英你是不是對我跟店長有什麼誤會啊？」

「沒有啊。」

我餓得快昏倒了，從早上開始就什麼也沒吃。我把昨晚做的炒飯用微波爐加熱。

「絕對有。你剛剛對店長的態度也很壞。不要這樣，他可是我的老闆啊。」

你都已經死了，店長就算不高興又有什麼關係。我很想這麼說，但又忍住了。幹嘛這麼在乎店長怎麼想啊。我把加熱的炒飯放在矮桌上，拿起調羹。

「香那要吃嗎？」

「你太壞了！」

香那發起脾氣，在床上亂跳踢墊子，還想推倒我成疊的教科書，但她好像碰不到東西。反正不會有實質的損害，就隨她去了。但我吃完炒飯她還在鬧，搞得我也煩悶起來。

「你給我差不多一點！」

我怒道。「那我憑什麼要讓那個男人笑著對我說：『喔，是你啊。』」

「干我什麼事，那是阿英你自己的感覺而已吧。店長根本沒有笑。」

「你跟那個男人是怎麼說我的？」

「沒怎樣啊，就很一般啊。」

「怎樣一般啊？」

「啊啊煩死了！」

香那扯著頭髮。就算變成了鬼魂，好像還是能觸碰自己的身體。

「對啦，店長有跟我告白過啦！但是人家拒絕了！我說因為我有阿英，所以不能跟他交往。昨天晚上一開始是講排班的事，後來就一直聽店長抱怨。」

我在吃已經死掉的女朋友的醋。香那都已經死了，我還在懷疑香那的感情，不知道要不要相信她說的話，這也未免太空虛太愚蠢了。

「阿英太冷淡了。」

香那哭起來，眼淚順著臉頰流下，落在榻榻米上，但是並沒有痕跡。比雪花還虛幻，消失得無影無蹤。

「我都已經死了，你還一點都不擔心，拼命追問我是不是跟別的男人往來，我完全不知道以後該怎麼辦，擔心得要命！」

在我面前的香那跟以前完全一樣，我絲毫不覺得她已經死了。我跟她道歉，撫摸香那亂七八糟的頭髮。我的手指完全沒有任何作用，香那一面抽泣一面自己用手整理頭髮。

真是漫長的一天。明天還有考試，我完全沒唸書，但現在已經累得要命了。我叫香那一起上床。我們並肩躺下，蓋著毛巾被。昨天晚上我沒發現，但被子並沒蓋在香那身上，直接落在床單上。

睡在我旁邊的香那散發出涼涼的氣息。死者的世界吹著這麼冷的風嗎？連冷氣都不用開了。現在是夏天還無所謂，到了冬天可怎麼辦呢，我擔心起來。要是對香那說跟你睡好冷，不要到我床上來好嗎，香那一定會發脾氣吧。

警察判斷是撞人逃逸事件，開始搜查。犯人把被撞倒的香那用車載到不知何處去湮滅證據，連兩個購物袋和她的手機一起。

「這傢伙真的太殘忍了。」

「送到醫院就好了啊。」

我和香那都義憤填膺。

事故現場周圍設了好多看板，徵求目擊者出面。香那的爸媽到了大學城，在車站前面分發印著女兒照片的傳單，我和一個朋友也幫他們的忙。香那的爸媽希望女兒平安無事，拼命找尋她的下落，兩人都形容憔悴。我也希望香那能平安無事，但是沒辦法。香那站在發傳單的母親旁邊，安慰她「媽媽，對不起。」「不要哭了。」她母親當然聽不見。香那的聲音只有我能聽見。

蟬聲喧囂。

香那日夜都跟我在一起。我吃飯、唸書、跟朋友聊天，她都在旁邊。她每天跟我一起睡覺，一起起床。我告訴香那我從小就看得見鬼魂，這是除了父母之外我第一次跟別人說。要是香那活著，或是沒有變成鬼魂在我面前出現的話，這個祕密我大概會保守一輩子吧。香那死了我反而覺得跟她更加親近，香那好像也有同樣的感覺。

「那邊的斑馬線上有個大約五歲的小男生。」

「我看不到。」

「這樣啊。那個小孩好像也看不見香那。」

「阿英比我還接近那個世界耶。」

一點沒錯。我跟香那聊著死後的世界。既然鬼魂存在的話，在那個世界應該也可以和睦相處或是吵架，但看來好像並非如此。每個鬼魂不知道是不是各自存在於不同的次元還是波長上，香那完全看不到別的鬼魂，別的鬼魂似乎也沒辦法看到香那。

「雖然看見的景色跟活著的時候一樣，但真的好寂寞喔。」

香那說著低下頭。「但是我好像還算幸運的。阿英看得見鬼真是太好了。」

我小心不破壞香那的輪廓，摟住她的肩膀。我心想要是看不見就好了，要是我不能看見鬼魂，就能抱著香那還活著的希望。

活人和死人的界限在哪裡呢？比方說我思念在故鄉的爸媽的時候，跟思念死者比起來，在距離和心情上有什麼不同呢？其實沒有什麼不同。活人和死人的差別是在總有一天能再見面的保證嗎？但爸媽和我也可能在對方毫不知情的情況下突然死掉啊？如果是這樣的話，那永遠不想再見到的前女友又如何呢。我想到她的時候，感覺比想起曾經親密的死者還要疏遠；跟我分手的前女友還活著，但感覺起來比死了還在我身邊的香那遙遠得多。

我和香那開著March夜遊，這是香那變成鬼魂之前我們就有的習慣。我們繞著人工化的大學城兜風，數著研究機構亮著燈的窗戶。有時候我們會朝著黑色的山影開到郊外。車頭燈照亮了蜿蜒的道路，車子在夜風颯颯的樹林間前進。

我們在展望台休息，下方是小鎮的燈火，很多人居住的地方。我認識的朋友、老師、鄰居都只是其中的一小撮而已。大部分的人既不認識也不知姓名，在街上像幽靈般擦身而過，連瞥也不瞥對方一眼，對他們而言我跟死人並沒有兩樣，對我而言他們也跟死人一樣。我一面眺望夜景，一面這樣想著，就覺得自己好像已經到那個世界去了。

「不冷嗎？」

「不冷。阿英呢？」

「我也不冷。」

我們像生前一樣對話。既然完全沒有改變，那麼死了也無所謂。香那的屍體沒有被發現，也沒有被送到醫院的痕跡，犯人把流著血的香那埋在什麼地方了吧。香那已經死了，她說她好寂寞。

要是香那進入了異次元或是別的波長的話，我就看不到她了吧。但是我也想死，好不讓香那寂寞。

香那死了之後，我才終於發現自己真的很喜歡她，越來越愛她。我真是太傻了。

「星星很漂亮。」

香那在我旁邊抬頭望著天空，很愉快地說。

開著March回到公寓，我們互相依偎著睡著了。感覺到香那身上寒意的季節就快到了。

暑假結束了，香那仍舊穿著無袖洋裝。

要我在擔心香那的朋友們面前表現出適當的擔心和不安還真困難，因為香那一直在我身邊啊，跟香那講話的時候也得注意音量。

於是我在大學的時候都盡量單獨行動，就算空閒時間也不跟別人在一起。朋友們都覺得我的變化是因為女朋友失蹤的緣故。下條小姐說：「我們了解你的心情，但還是不要太鑽牛角尖的好。香那一定會平安回來的。」

香那很生氣。

「下條這傢伙，是不是對阿英有意思啊？阿英你也真是的，這麼簡單就被迷住了。」

「沒有被迷住啦。」

「就是被迷住了。『被迷住的臉』我可是看得清清楚楚。」

香那在屋裡走來走去。可能是因為這棟公寓很舊了，柱子和天花板都發出靈異現象般的咯吱聲響。

「什麼『一定會平安回來』，她心裡根本不這麼想好吧。」

我也覺得下條小姐表面上是安慰，但其實是為了自己。認識香那的人，估計包括香那的爸媽在內，心裡某處都覺得她已經死了，放棄了希望。警察早就已經不去醫院調查，現在只專心找尋可疑的車輛。

我為了讓香那轉換心情，提議跟她一起去超市購物。接近自己被撞的地點，香那也毫不在意。

「犯人的臉跟車子的模樣，你都想不起嗎？」

「完全想不起來。我應該是從背後被撞飛的吧。」

簡直好像是在說別人的事。要是變成鬼在犯人面前出現的話，多少也算報了點仇，但她完全沒有這個意思。

香那對自己的死因毫不在意，但在超市看見影視出租店的店長時卻臉色大變。店長跟年紀和香那差不多的女孩一起愉快地購物，店長提的籃子裡有蘿蔔和女性生理用品之類的東西。

「是你自己來招惹我的，這算什麼啊。」

香那氣憤地用拳頭打店長和那個女的，但是他們絲毫沒有受到影響。

「我失蹤都還不到兩個月耶。」

「不要理他們啦。」

「他對我好我就高興起來，真是太蠢了。你看吧~你現在心裡一定這麼想，對不對？」

「我才沒有這樣想呢。」

我心想原來你真的有點高興啊，但嘴上強烈否認。

從超市回家的路上香那十分沉默。我拎著購物袋，默默地跟香那一起走。

打開門走進玄關的時候，香那就脫掉懶人鞋和洋裝，全身赤裸。我不能替香那脫衣服，但她可以脫自己的衣服。

「阿英也脫。」

「得先把買來的東西放進冰箱。」

「待會再放就好。」

香那碰我我只有涼涼的感覺，她連鈕釦都解不開。我們試過很多次了，知道沒辦法。我乖乖地脫了衣服，跟香那一起坐在床上。

香那從我的肩膀、胸口、肚臍一直摸到陰莖。我渾身打顫。不是因為快感，而是很冷。我自己撫摸私處，設法勃起。自從香那變成鬼魂以來，我覺得我的勃起能力衰退了。香那一直跟在我旁邊，我不能自慰也不能跟別的女孩子往來，其實還可以再忍忍的。也可能是我精神上感到疲勞，要不就是香那的鬼魂吸取了我的生命力。

香那讓我躺下，跨到我身上讓我進入她體內。我盡量忍耐不在寒冷的觸感下萎縮。

「怎樣？」

「嗯。」

我只覺得陰莖像是插進冰冷柔軟的果凍裡一樣。眼前的光景十分香豔，但寒氣卻重得不得了。我迎合香那的動作上下擺動腰部，但果然還是不行。

「對不起。」

「沒關係，這也是沒辦法的事。」

香那從我身上下來。我疲軟的陰莖是乾的。香那看著我哭了起來，眼淚確實落在我肚子上，但完全沒有感覺。

「這樣我沒辦法跟阿英交往了啊。」

「為什麼？」

「我是鬼啊，沒辦法做愛做的事。」

「我只是還沒習慣啦。」

我暗暗發誓要改善勃起能力。「而且不用做愛也可以交往啊。」

香那搖頭，她好像不相信我。香那一定覺得我總有一天會厭倦她，跟影視出租店的店長一樣跟別的女生交往。

要是香那還活著的話，或許會那樣也說不定。兩人正常地分手，各自和別人交往。但是總不能狠心地甩掉變成鬼魂待在自己身邊的女孩子吧。只要香那還在這裡，我是沒辦法跟別的女人談戀愛的。香那的體內只不過有點冷，我就已經勃起困難了。我沒這個本事在變成鬼的香那面前，堂堂跟別的女人做愛。

死了還不相信我，真是太不便太無力了。要是心意和言詞都能一一證明就好了，可是不能。要是能讓香那安心，我就一直跟她在一起好了。

我忍著寒意摟住香那，用各種言詞和動作安慰她，不知不覺間就睡著了。

香那走著夜路。

穿著藍色洋裝的香那，背影浮現在車頭燈的白色光暈中。她兩手拎著購物袋，腳步輕快。她不時抬頭看著天空，好像是一面看著星星一面哼歌。

我開著杏子色的March，靜靜接近香那背後。車頭燈已經亮得跟白天一樣，香那卻沒有注意到。車子發出沉悶的撞擊聲，香那的身體在引擎蓋上彈跳，在空中劃出弧形的曲線，落在地上。

我下了車，把香那抱到車子後座上，掉了一隻的懶人鞋、散落滿地的青菜肉類、掉出來的手機等等全都回收到車上。購物袋裡面有電動吸塵器，我用那個把路面上碎裂的塑膠方向燈碎片和掉落的油漆都仔細地吸乾淨。

載著香那的車子沿著蜿蜒的坡道向上，前往有展望台的那座山。我在適當的地方停下車，背著香那在黑暗中爬下山坡。我聞到潮濕的泥土氣息，心裡想著要埋在哪裡才好呢。

背上的香那冰冷而柔軟。

我一驚而醒。好像過了半夜。我覺得脖子有點怪怪的，原來香那跨在我身上，兩手勒著我的脖子，低頭看著我。香那的眼睛發出青白的光芒。

「會透過去。」

香那低聲說。「要殺掉阿英也沒辦法。」

就算你還有實體，也不會殺我的。不管多難過、多寂寞，也不會殺人。你做不出這種事的。我喜歡這樣的你。

我伸出手，香那收回了勒在我脖子上的手，躺在我身上。沒法感覺到實體和體溫有點孤單，但要是想成這是香那新的感覺，新的體溫，就算有點冷也能忍耐了。

我摟著香那，看著黑暗的天花板。

「撞死香那的搞不好是我。」

「為什麼？」

「我做了好像真的夢。」

「夢不是都很像真的嗎。」

香那的聲音非常溫柔，「為什麼阿英非撞死我不可呢？」

「不知道，可能是想逃離香那吧。」

因為香那是鬼魂，只要香那在，我就沒辦法跟任何人談戀愛，也不能做愛，只能跟冰冷的幽靈在一起過一輩子。這能叫做活著嗎？

香那死了變成鬼魂出現的時候，或許我也死了。

「但是阿英並沒有撞死我。」

香那好像帶著歉意地說。我更加用力抱著香那。香那的輪廓崩壞了，我的手臂陷入她的身體裡，她好像什麼事都沒發生似的又恢復了原狀。我的皮膚感覺到又冷又熱的壓力，好像把手伸進雪堆時似的。

「睡覺吧。」

我們在這個世界和那個世界的交界處，做著同樣的夢。

十月中旬，香那的屍體在山裡被發現了。到山裡採香菇的主婦們，看見香那已經變成白骨的左手突出地面。

鑑定的結果證明那是香那，我被叫到警察局，又被問了很多問題，挑了不少毛病，搞了將近一小時才回公寓。香那一直在我旁邊抱怨警察，要不就吐舌頭。

香那的爸媽要到大學城來領她的遺體。結果我並沒有看到被挖出來的香那遺體。一直跟我在一起的香那，也不知道爸媽對著她的遺體悲嘆吧。

香那守靈和告別式的日期不知是誰打電話告訴我的。我和香那這才終於有她真的死了的實感。

「明天是守靈，後天是告別式，好像是在香那老家附近的殯儀館舉行的。你有什麼打算？」

「聽到念經會不會成佛就消失了呢？」

「不知道會怎麼樣。香那並不是佛教徒吧？」

「不是，我沒信教。」

「那應該沒關係。死後四十九日早就過了，香那也沒消失啊。」

我穿上唯一一套黑西裝，把念珠和奠儀放進口袋。香那只能穿著懶人鞋和無袖洋裝。

我們開著March到香那老家橫濱參加守夜。不久之前下午三點的天光還很亮，但現在卻已經像是黃昏的暮色了。冬天到了，非得考慮長期的防寒對策不可。

香那坐在駕駛座旁邊，繫著安全帶。就算變成了鬼魂，要是出了車禍不知道會怎麼樣，我還是替她繫了安全帶，但是安全帶透過香那的身體，直接貼在椅背上。香那不怎麼說話。去參加自己的葬禮自然沒辦法興高采烈。我專心開車，不沒話找話說。

通過高速公路的收費站，進入主要幹線後，車子開始加速。香那的形體突然從旁邊消失了，好像被風吹散的花瓣一樣。

我嚇了一大跳，差一點就踩了緊急煞車。這裡也不能迴轉，我在有電話標誌的路肩會車區暫時停下，急急跑回剛才收費站的地方。

「香那——！香那——！」

車輛在我身邊呼嘯而過，汽車廢氣和噪音猛地襲向我全身的毛孔。沿著隔音牆種的樹，每一片葉子都黑黑地蒙著灰塵。

香那迎面跑來，好像急著要追上車子。幸好香那沒有從這個世界上消失，我打心底鬆了一口氣。

「香那！」

「阿英！」

我們在高速公路的路邊擁抱，當然我小心不太過用力。

「怎麼回事，你突然不見了，我好擔心。」

「我以為你拋下我了！」

香那抽著鼻子說。「好像速度變快了我就沒辦法保持形狀。」

我們走回車邊，再度往橫濱出發。我緊張地加快車速，指針指向時速八十三公里的瞬間，香那就又消散了。

我把車子停在路肩，去接香那。

「好像不要超過八十公里就可以了。」

「對不起。走高速公路都沒意義了。」

我們在外側車道上慢慢前進。

「為什麼超過八十三公里就會消失呢？」

「我猜大概是時速超過八十三公里的車子把我撞死的，超過最後體驗到的速度，不知怎的身體好像就要消散了；但是從車子裡吹飛了，立刻又會恢復原來的形狀就是。」

「在那麼窄的路上撞倒你的傢伙一定開得非常快。」

犯人並沒有抓到。我想起下條小姐在學校說過，現場的遺留物品非常少。我覺得說不定犯人跟我做夢夢到的一樣，用吸塵器清理掉了證據。

因為我開得很慢，花了比預期多很多的時間才到達殯儀館。我在接待處簽了名，給了奠儀，看見好幾個同社團的人。他們都沒接近我，可能是不知道該跟我說什麼吧。

祭壇前面放著很漂亮的棺木，但能看見臉的小窗緊閉著，裡面是香那的白骨。就算遺體已經變成白骨了，好像還是要火化的樣子。

和尚持續不斷地念經。香那的媽媽神情恍惚地瞪著一個地方，她父親比我在夏天見到他時瘦了兩圈。香那在爸媽面前跪下，輕輕地握著他們的手。

我本來已經做好心理準備了，但是看見被花圍繞笑容滿面的遺照，還是忍不住嗚咽。香那死了，真的死了。

「香那。」

我輕聲叫著。香那急急從爸媽身邊趕過來。「我想跟你一起去。」

「我在這裡啊，阿英。我會一直跟你在一起。」

一直到什麼時候為止，到我死為止嗎？死了之後我也會變成鬼魂，和你相會嗎？你不是看不見在街上遊蕩的其他鬼魂嗎？

活人和死人的差別，說不定是在於可不可以殺人和被殺。不能殺人也不能被殺的就是死人。

從今以後所有的時間，我都得跟不會變老、永遠穿著無袖洋裝、發出甜甜氣息的香那一起度過；只有我看得見的香那。我怕我有一天會無法忍耐。這就像是雖然活著，但其實已經被迫跟香那殉情了一樣。我簡直要發瘋了。

「阿英，我們回去吧。明天還要上課，快點回家吧。」

March以時速八十公里在高速公路上前進。

天上繁星閃爍，猶如黑暗的柏油路上散落的顏料碎片；猶如接收到訊號發出閃光，深深埋在地下的香那的手機。

「媽媽和爸爸一定會把我租的地方解約。明天骨頭也要燒掉了，真的什麼都不剩了。」

香那從駕駛座旁邊的位子上望著窗外。「現在只剩下我喜歡阿英的心意了。」

要是開到時速一百二十公里的話，會發生什麼事呢？我心想。香那會煙消霧散，要是我不去接她的話，她就得穿著懶人鞋走回大學城；也可能吹散了無法恢復原來的形狀也說不定。

我很想把油門踩到底，就算車子撞上牆壁也無所謂。我想甩掉香那逃走，以讓她追不上的速度逃向遠方。

但是我沒法真的這麼做。

香那留下的「喜歡」這種心意，總有一天會淡薄吧。心意消失的時候，香那會不會完全從這個世界上消失呢。我一面期望那天快點到來，一面期望這份心意在我心跳停止前不要消失。我們在星空下駕車奔馳。

第七站 SINK

決定全家自殺的話，
就該徹底讓大家都死了才對啊。
為什麼只有自己一個活下來呢？

我忘記了。真相。但是有時候會有什麼東西在眼前掠過，像是戴上笨重的護目鏡，熔接鐵片的時候一樣。飛散的火花交疊，不知道什麼時候看見的、不能確定是否真的看見過的情景，浮現在眼前。

小小的氣泡不斷上升。白白的氣泡又像雪又像星星。周圍一片昏暗，好像凍結般的安靜，只有水中無數的小氣泡發出淡淡的光芒，朝天空描繪出無數道細線，就算伸出手也無法抓住。氣泡只會逸出上昇的線條，然後若無其事地搖晃著再度成行，朝上方前進。

不，或許是這個身體掉下來——或是沉下去——也未可知。

是一眨眼的功夫就消失的瞬間情景。眼前只有在高溫下漸漸融化的金屬。

燒灼金屬的味道四散。火花描繪出曼珠沙華般的紋路。

我感覺到冰冷的手抓住我的腳踝，醒了過來。一直都是這樣。我從床上坐起來，掀開毛巾被檢查腳踝，沒有任何異狀。腳踝上冰冷的感覺分明強到似乎會留下手印似的。

「喂，你沒事吧？剛才抖了好大一下。」

聽見聲音我才發現悠助站在房中央。

悠助叼著沒點的菸望著悅也。

「你從哪進來的。」

「大門啊。門沒鎖耶。」

悅也下了床，去廚房洗臉。木板地面感覺溫溫的，外面傳來往來車輛的聲音。好像已經接近中午了，從廚房的小窗照進來的陽光非常強。

睡覺的時候冷氣似乎關掉了，現在室內像蒸籠一樣熱。悅也把汗濕的T恤扔進洗衣機裡，然後回到床邊。悠助站在原地抽菸。他拉開窗簾開窗，一絲微風吹進來，把白煙慢慢吹往房間裡面。

「好了嗎？」

悠助問。「在下面。」悅也回答。

他從紙箱裡拿出洗過的T恤和內褲，撿起掉在地上的牛仔褲，走向浴室。雖然總是想著要買衣櫥，但只是用想的而已。

悅也房間裡的家具只有床，而且還是悠助的二手貨，彈簧都已經壞了。他沒有桌椅，所以吃飯都坐在地板上隨便吃，電話也直接放在地上。他也沒有電視。除去隔間的牆壁，到廚房有大約七坪半的空間，因為沒有家具，看起來比實際上要寬敞。

他沖了澡，穿好衣服走出浴室，悠助已經抽完菸，正望著窗外。扔在廚房水槽裡的菸頭吸了水變成褐色漲起來。

悠助轉過身，對著用毛巾胡亂擦著頭髮的悅也笑了一下。

「你也差不多該買一張新床了吧。」

「我是有這打算。下次搬家的時候。」

「騙人。什麼時候、要搬去哪裡啊？」

「重森市。應該是今年夏天就會搬吧。」

「為什麼要搬回那種偏僻的地方。」

「沒為什麼，沒有非住在東京不可的理由啊。」

悅也把毛巾也扔進洗衣機裡，背向悠助，好像要避免他繼續追問。「你來確定一下完成度。」

他打開便宜的三夾板門，走下陰暗的樓梯。悅也現在的住宅兼工作室是建齡應該已經超過五十年的兩層樓建築。這裡離運河很近，有很多住家和小工廠，就算製造一點噪音，這附近都不會有人抱怨。對岸則高樓林立，在霧氣瀰漫的早晨看起來像是幻想中古代王國的海市蜃樓。

悅也把一樓當成工作室和車庫。以前這裡好像是模具工廠，沒有窗戶，地板是水泥。

悅也拉起面對街道的捲門，先把中古的小卡車開到路邊停著。小卡車停在裡面的話，就完全沒法工作了。話雖如此，交貨的時候沒有交通工具也不行。搬家的原因之一就是工作場所太狹窄了。

悠助蹲在工作室的角落，檢查今天早上才完成的鐵門。門上有典雅的花草水印圖案，仔細看還有兩隻小鳥在嬉戲。

悅也從小卡車上下來，用腳踢開散落在地上的鐵屑，走到悠助旁邊。

「怎麼樣？」

「做得很好。」

悠助從口袋裡拿出尺來確定尺寸，滿意地點頭。

很多厭倦現成產品的客人會來訂做門板、戶外燈和窗子裝飾等東西。悅也的工作是切割、敲打、扭曲鐵片，做出各種各樣的形狀。他從小一起長大的好朋友悠助在建築師事務所上班，託他的福，悅也靠著做鐵工多少能餬口。

「門牌也做好了。」

薄薄的長方形鐵片上有著跟門板一樣的花草水印紋。客戶的名字以鈑金法做成浮雕的文字。

悅也指向工作台，悠助瞥了一眼，愉快地聳聳肩。

「我總是好奇你做這種纖細的東西時是什麼表情。」

「哪有什麼表情。」

悅也戴上工作手套，開始包裝門板和門牌。悠助只抽著菸在旁邊看熱鬧。

悅也把貨物搬上小卡車，讓悠助坐在駕駛座旁邊，發動車輛。車子開過河川，橫越東京往西邊開去。

今天是星期日，市中心塞車並不嚴重。收音機放著古典音樂，但對音樂不熟的悅也並不清楚是哪位作曲家的什麼曲子。他本來伸手要換台，但又停了下來。悠助閉著眼睛好像在聽音樂。悅也覺得冷氣太強了，改為轉動空調的控制鈕，把溫度稍微往上調。

車內阻擋了外面的炎熱，安靜得好像要睡著了。穿越綠意濃厚的市中心，車子進入了青梅街道[4]，道路兩邊都是拉麵店和廉價商店。悠助不知何時睜開了眼睛。

「下個紅綠燈左轉。」

「嗯。」

「搬家是很好，但是田代小姐要怎麼辦呢？」

4 指從東京都新宿區經由東京都青梅市至山梨縣甲府市的街道，歷史悠久。

「什麼怎麼辦，不怎麼辦啊。我們又不是在交往。」

「是嗎？」

「是。」

他和田代惠美一起去過家具展示會和美術館好幾次，回家的時候一起吃晚飯，就這樣而已。這不能算是交往吧。

「但是你不知道對方是怎麼想的啊。要好好對待人家，她是我太太的朋友欸。」

悅也是因為對展覽有興趣，又剛好有時間，所以人家來約他就答應了。他的言行舉止應該並沒有暗示他對對方有好感，因為他確實沒有對她有特別的好感，田代也沒有表示過喜歡悅也。或許她的眼神或指尖表達過吧，他非得察覺這種細微的暗號不可嗎？

我才不管呢。悅也自暴自棄起來。

「是你硬要介紹給我的好吧。」

「我是親切地介紹給你。」

悠助沉思地交抱起雙臂。「你沒問題嗎你。我一直以為那方面你是祕密主義者，看起來好像不是這樣。」

悅也沉默不語。他的左臉感覺到悠助小心翼翼好像在探索著什麼的視線。

「果然原因還是那個嗎？」

那個是什麼啊。要是這樣反問，悠助會怎麼回答呢。他有勇氣回答嗎？二十多年來他一直態度曖昧，迴避重點，繞著彎子說：「但我還是把你當朋友，關心你的。」一直如此親切。

「我現在只想專心工作。」

聽到悅也的話，悠助暗暗地鬆了一口氣，但也微微失望。

位於阿佐谷住宅區的小屋外觀幾乎都已經完成了，客戶一家人來看即將完工的甜蜜的家。內部裝潢和外觀工程的業者今天都休息，建築師悠助用鑰匙打開門，讓客戶看屋內的狀況。

客戶夫婦大概三十五歲左右，他們表情都非常愉快。兩個小兒子爭先恐後地脫了鞋子換上拖鞋，在新家裡跑來跑去。孩子的喧嘩和大人的笑聲在貼著防塵布的空間裡迴盪。

悅也沒有跟他們一起進去。他把門板、門牌和工具從小卡車上搬下來。他拆掉包裝材料，把門板嵌在已經裝好的門柱上，檢查門的開關狀況。沉重但不俗麗的鐵門跟白色的外牆非常相配。

他把門牌釘在門邊的牆上。兩個孩子大概在室內探險完了，走到屋外。兩個穿著同樣衣服的小孩好像很稀奇似的摸著悅也做的鐵門。

「有小鳥！」

哥哥說。「是什麼鳥？」

悅也瞥向兄弟倆。兩人都抬頭看著他，顯然是在問他。

「你們喜歡鳥嗎？」

「嗯。我們知道好多種鳥。鴿子啦、麻雀啦、烏鴉啦、白文鳥啦，還有，還有……魚狗！」

兩人無憂無慮，也不怕生，雖然是第一次見到悅也，但全身都表現出親密和信賴感。弟弟躲在哥哥背後，好像在害羞地看著悅也。他可能是覺得只要有哥哥在就完全沒問題吧。哥哥也知道這一點，半是誇耀半是要讓弟弟安心似的，時不時就轉頭過去看他。

「這兩隻鳥不在圖鑑上的。」

「為什麼？」

「因為是我腦袋裡的鳥。」

「喔。」

悅也拴好門牌，轉身面對兩兄弟。

「幾歲了？」

「五歲。」

哥哥說。「三歲。」弟弟說。弟弟好像沒辦法只舉三根手指，就直接張開手掌。「三歲是這樣吧。」哥哥把弟弟的大拇指和小指折下去，弟弟不高興地避開。

悅也也有弟弟，很久以前的某個晚上淹死在海裡了。

自己沒有家也沒有親人，卻替別人的家和親人製作物品。他覺得這很神奇。

工作結束，他把悠助送回家。

「真希望他們不要星期天來看房子啊。」

悠助抱怨道。「我老婆最近好像也很忙。我們幾乎都見不著面，起碼週末也該在家啊。」

這不是在放閃就是在說他們最近處得不好吧，悅也壞心眼地想著。

「要去重森市找房子的時候也叫我一聲。」

「幹嘛。」

「我也順便回一下老家。我媽一直要我在盂蘭盆節的時候回去，但我老婆不願意。」

「我不會在盂蘭盆節的時候去，會塞車。」

「沒關係。跟親戚見面也很麻煩，總之『一年回去一次』就可以了。」

煩死了。悅也一如往常沉默地忍住了對多年好友、甚至可以說是唯一的朋友的感覺。

日高悅也是全家自殺案件中唯一的生還者。

悅也的老家重森市應該沒有人不知道這件事的，但是悅也本人卻不太記得了。為什麼只有自己活下來，為什麼爸媽選擇帶著孩子一起死？一家人到底是過著怎樣的日子，為什麼會走到全家自殺的地步呢？

他在成長的過程中慢慢瞭解了事情始末。他調閱了當時的新聞報導，也不時聽到一些傳聞。因此自己到底親身經歷過什麼，還是一切都是想像，或者是用後來聽到的情報捏造出的記憶，悅也自己都糊里糊塗無法分辨。

他覺得好像是日子過得不好。爸媽常常吵架，因為沒有錢。

五歲的悅也和差他兩歲的弟弟在小公寓三坪大的房間裡，盡量不惹爸媽生氣，安安靜靜地看圖畫書。圖畫書是講一有人呼救就趕去幫忙的英雄的故事。英雄的臉是甜麵包做的，他會毫不吝惜地把麵包撕下來給哭泣的小孩吃。

悅也的父親好像是在日本料理店當學徒，在那裡認識了當女侍的女人，兩人結婚後開了一家小飯館，生意好像很差。兩人拋下一切離開故鄉到東京來，可能覺得孤注一擲沒有退路了吧。悅也懂事的時候，爸媽就已經為錢煩惱，成天大吵大鬧，雖然這樣不知怎的弟弟還是出生了。

父親在家裡不做飯，母親去店裡不在家。店裡沒有半個客人的晚上，他和彼此之間氣氛險惡的爸媽一起在櫃臺吃已經不新鮮的生魚片。要是傍晚有客人的話，就隨便買個便當給他，讓他自己回走路五分鐘的公寓，和弟弟一起吃冷掉的炸雞或是可樂餅便當。他並沒有特別覺得不滿，因為除此之外他不知道有別種生活。

他們一家只一起出去吃過一次飯。他和弟弟跟爸媽一起坐上破舊的白色汽車，上街兜風，離開市區沿著海邊開。這輛車也用來運貨，所以車裡充滿魚腥味，但他心情很好，並不在意。弟弟也興奮地笑著。那天爸爸開車很小心，媽媽也沒毫無來由地就罵兒子。

四個人在海邊的小鎮下了車，後方就是蒼綠山脈的小鎮，山坡上種著大片像管子一樣不可思議地連在一起的綠樹。「是茶樹。」父親告訴他。

父親走進一間平房。母親抱著弟弟，牽著悅也的手跟在後面。房子裡很陰暗，有乾草般的氣味。悅也並不明白那是住在這裡的頑固老人的體臭，以及插在暗暗的金色佛壇前線香的味道。他只覺得很恐怖。毫無笑容默默坐著的老人，打開的門裡面深處陰暗的佛壇，都很恐怖。

爸媽對著老人說了很久的話。父親有時候會大聲起來，有時候好像要哭了；態度既像是懇求，又像是恐嚇。悅也在房間裡覺得好無聊，就跟弟弟一起到院子裡去玩。他找到能畫出白線的小石頭，在沒車的路面上畫畫，烏鴉麻雀鴿子等等的畫。烏對悅也來說，是隔著窗子看見的最接近的生物。悅也很會畫畫，弟弟看見柏油路上出現大鳥，非常高興。

街燈亮的時候，爸媽才終於從老人的家裡出來。悅也本來要跑過去，卻遲疑起來。兩人神色黯淡，無力地踩著庭院的砂礫往前走的樣子就跟影子一樣。

父親看見悅也和弟弟，很稀奇地對他們笑了一下。

「回家吧。路上順便吃個飯。」

「好啊。」

母親爽朗地回應。「你們倆也餓了吧。」

離開小鎮，沿著海邊開了一會兒，就有家庭餐廳。「在這裡吃嗎？」父親說。這是悅也第一次進餐廳，他很緊張。店裡都是帶著孩子的夫婦和年輕男女，其樂融融地吃飯。

他們被帶到風景很好的後方座位。話雖如此，太陽早已西沉，海面昏暗，大窗外面只有漆黑的空間。他把臉湊近玻璃，看見白色的浪頭和忽明忽暗的紅色小點。那是什麼光呢，悅也心想。「嗯，要點什麼呢？」父親打開菜單，興趣缺缺地說道。

悅也和爸媽點了漢堡套餐，弟弟吃兒童餐。兒童餐上面插著小旗子，還有可以帶走的小玩具車。悅也覺得兒童餐比較好，但他沒有說出來。難得爸媽心情都很好，不要把他們惹毛了。

漢堡很好吃。四人再度上車。爸媽態度一變，兩人都沉默不語。還不到五分鐘，弟弟就握著玩具車，躺在母親腿上睡著了，跟母親一起坐在後座的悅也也越來越想睡。車子沿著海邊緩和的曲線前進。

車速漸漸加快，悅也睜開眼睛，突然的猛烈撞擊讓他從座位上跌下來。他醒過來的時候車子裡一片昏暗。弟弟在哭叫。悅也撐起身子，水淹到他膝蓋上了。

「媽媽，淹水了。」

悅也說。父親像野獸一樣吼起來，母親則高聲大叫。母親緊緊抱著弟弟。悅也想要靠近，卻被母親猛地推開。母親趁勢用拳頭敲打窗玻璃，好像壞掉的機器一樣，不停重複一句話，腔調和抑揚頓挫都很奇怪，不知道是在說什麼。媽媽好奇怪。他望向駕駛座求助，但父親根本不轉向這邊，只默默地坐著。悅也不安害怕好想哭，但既哭不出聲也流不出眼淚，只聽見自己喉嚨裡發出嘶嘶的聲音。

母親不斷用拳頭敲打窗戶的同時，海水湧進窗子裡面。悅也被水包圍，分不清上下左右。他不斷掙扎。救命，誰來救我們啊。但是沒有人來。一隻冰冷的手握住悅也亂踢的腳踝。他死命踢腳，兩手亂揮，最後的一口氣從嘴裡吐出來。他覺得在黑暗的水中上昇的白色氣泡很漂亮，然後悅也就漸漸失去了意識。

他醒過來的時候已經躺在醫院的病床上。爸媽跟弟弟一起沉在九月的海裡。悅也被爺爺收養，住進發出乾草氣味的平房裡。

附近的大人都對他很親切，上小學後他也交了朋友。他跟住在附近的吉田悠助特別好，他們一直到高中都上同一所學校，悠助不僅會唸書，體育也很強，總是被大家簇擁著。悅也不太說話，功課和運動也都勉勉強強，只有美術特別好。要是沒有悠助的話，他應該進不了朋友的圈子的。

悠助在悅也面前不會提過去的事。但是同學說「日高好冷淡啊」、「那傢伙怎麼有點陰沉」的時候，他會私下責怪他們說：「悅也是有原因的啦。」

「你們到高中才跟他同學所以可能不知道，他們家只有爺爺一個人。他爸媽自殺了。」

他志得意滿地裝出同情的樣子說。悠助滿足同學好奇心的言行悅也知道得很清楚。

悠助是個讓人不爽的傢伙，但是悅也並不抱怨。他們從小就是朋友，他不想討厭他，悠助會很溫柔地關心他也是事實。自己之所以陰沉是因為個性使然，還是真如悠助所說「是有原因的」，他自己都無法判斷，自然也不能抗議了。

祖父在悅也高三的那年春天死了。祖父臨終前躺在醫院的病床上，問他說：「你恨我嗎？」悅也說：「不恨。」為所欲為去了東京就斷了音訊的兒子突然出現來要錢，通常都會拒絕吧。祖父一點也不有錢，但是他在面子和良心的驅使下把悅也養大了。悅也非但不恨他，反而很感謝他。

但是他無法忍著不去想「要是」和「為什麼」。

要是那天爸媽得到一點錢的話，會不會就不選擇自殺了呢？為什麼只有自己一個活下來呢？決定全家自殺的話，就該徹底讓大家都死了才對啊。真是任性又殘酷的人。想到被這種人生下來，他簡直想把自己千刀萬剮。

想著哭泣的弟弟，他才設法熬了過來。弟弟並不想死吧，但是年紀小小的他跟爸媽一起沉入海底，自己卻浮了起來。他踢掉了母親想拉住他的手。

那個時候他腦袋裡沒有弟弟也沒有爸媽，他只想活下去，就這樣而已。他奮力朝海面而去，頑固而執著。任性又殘酷的是自己。既然已經卑鄙地活了下來，就得活到死了為止。

悅也賣掉祖父的房子，拿到保險金，上了美術大學，到東京自己一個人住也不覺得孤單。他在此之前並不是沒有感到孤單過。住在完全陌生的人之間，沒人正眼看不管跟誰在一起都感到孤單的自己，反而輕鬆自在得多。

悠助也上了東京的大學，在他附近租了房子。「我擔心你啊。」悠助開玩笑說。但那應該不是開玩笑的。悠助本人可能沒有自覺，但他一定是為了不讓悅也感到寂寞，所以才在附近找了房子。為朋友著想的悠助，為了朋友著想自己很得意的悠助，真是感激到要吐了。悠助這種緊迫盯人的言行舉止，讓人覺得沉重而不舒服。悠助常常邀悅也參加聯誼和朋友聚餐。那個誰說對你有意思喔，他會在耳邊這樣說，然後真的幫他介紹。一開始悅也要是覺得女孩不錯的話，就坦然交往；每個女孩都很可愛，性格也很好。不知道是不是悠助說過什麼，也有盡量小心不提到悅也過去的人。

但是總是不成功。就算高興地聊著天，或是感覺對方的溫暖，他總是會突然覺得一切都無所謂。看見悅也沉默下來，女孩也會尷尬地陷入沉默，最後總是說：「我沒辦法支撐悅也。」「我沒信心能幸福地跟悅也在一起。」悅也並不想要人支撐，也沒有希望一起幸福快樂的過下去。他終於發現自己對對方沒有任何期待，所以不斷重蹈覆轍。對別人沒有期待的人，自然沒辦法回應別人的期待。

在那之後悅也就不跟女孩子交往了。因為要假裝愛對方，假裝覺得她非常重要，實在太麻煩了。愛上某人，覺得她很重要，然後找不出任何的意義。結了婚，生小孩，然後呢？淹死在晚上的海裡嗎？

一個人就好。一個人很好。他之所以否定愛情，或許是因為有暴力傾向的關係。他認真地上大學，熱心地敲打金屬，盡量控制無意間傷人的言詞，電車上看見站著的老人就讓座，不麻煩任何人。他只是不覺得有必要跟特定的對象戀愛，要是懷孕就麻煩了所以性生活也不必了而已。這就跟素食者不吃肉，肝臟不好所以不喝酒是一樣的道理。悠助帶著擔心的神色說：「你最近怎麼啦？」「你說說你喜歡什麼類型的啊。」他希望悠助不要這麼愛管閒事。

截斷或接合柔軟的鐵片，是可以專心投入的工作。悅也雖然也做椅子和各種物品，但他最喜歡的是屋子外面的部分；回家的時候一眼就可以看見的東西，住在裡面是怎樣的人的明顯象徵。

金屬造型可以自己默默地作業，不用說話也能做出來。大學畢業後，就做這個為生吧，他毫無迷惘地決定。

他戴上笨重的護目鏡，熔接鐵片，飛散的火花交疊，發光的白色氣泡不時在眼前浮現。他不知道這是什麼時候看見過的，還是腦子裡虛偽的記憶；深深地沉下去，或許是浮上來也未可知。就像抬頭望著下雪的天空一樣，地面的觸感消失了，心靈和身體都漂浮起來。

那是瞬間的幻影。工廠裡充滿金屬燒灼的味道，鮮紅的火花四散。

悠助雖然說他也要回老家，卻不停地下了門、戶外燈和窗飾之類的訂單。於是悅也忙著工作，抽不出時間去房屋仲介那裡找房子。

悠助的壞習慣又來了，悅也不爽地想道。悠助八成不希望悅也搬家，想讓他盡量留在自己身邊。

說是友情也太露骨，說是愛情又太扭曲。對沒有陰影也沒有傷痕的悠助而言，要是有能成為陰影或傷痕的地方的話，那就是「沒有陰影也沒有傷痕」這一點。在悠助看來，悅也充滿了陰影和傷痕，所以他才把悅也留在身邊，擔心他、照顧他。這樣讓悠助覺得很高興吧。我瞭解你的陰影和傷痕有多痛苦喔，因為我也有跟你很像的地方；但是一起加油吧，朝著光芒加油，我會幫你的。

他是便宜的裝置。悅也是為了滿足悠助的自尊心和優越感而存在的裝置，但是悅也無法指責悠助欺瞞他的言行，他沉默地滿足於裝置的角色。不對，應該說他率先盡了這個角色的責任，因為他的工作大半都來自悠助。也可以說是因為悅也用悠助發現的陰影和傷痕為藉口，不和他人往來，獨自沉溺於自己的世界中。

光是讓悅也忙碌還不夠，為防萬一，悠助還教唆了田代惠美。

「吉田先生說日高先生可能要回老家了。」

有一天晚上田代打電話來說。「我想跟您見一面。要是您空得出時間來的話。」

老家。自己的老家是重森市嗎？他毫無感覺。那麼老家是他們一家人住的那棟現在不知道在哪的破舊公寓嗎？不知怎的他也覺得不對。

想理由拒絕她太麻煩了，他估算了一下現在正在製作的門板還要多久才能完工。

「還要一陣子，沒關係嗎？」

他放下話筒，繼續吃附近超市買的小菜和用微波爐加熱的白飯。睡覺之前還得再工作一陣才行。

離開重森市已經十年了，景觀並沒什麼改變。海邊的道路，陽光下的海面，種著茶樹的山坡都依然如舊。要說有什麼改變，就是悅也祖父的家被拆掉，變成茶園的一部分。他們一家人最後一次一起吃飯的家庭餐廳也關門了，但看板還是原樣，窗玻璃上蒙著濕氣留下的厚厚灰塵。

悅也開著小卡車，經過餐廳旁邊，在車站前的房屋仲介門口停下。短短的商店街沒什麼人，大部分的店都拉下了鐵門。

房屋仲介的大嬸盯著悅也的臉幾秒鐘後說：「哎喲。好久不見啊。過得好嗎？東京怎麼樣？」

大嬸把電風扇轉向悅也，到辦公室後面的冰箱拿出泡好的麥茶。

「吉田也跟你一起來了嗎？」

「沒有，我自己一個人。」

「他很忙吧。現在這麼不景氣，好像只有你們工作很忙。吉田先生的太太總是這麼說。那是在炫耀吧。哈哈哈。」

她把托盤上的玻璃杯放在他手邊。悅也輕輕點頭道謝，喝了一口冰麥茶。

「我打算最近搬回這裡來。有沒有能當成小工廠用的車庫或倉庫，發出一點噪音也沒關係的地方？小工廠希望至少能有十坪。」

「應該找得到啦。」

大嬸面露驚訝地搖搖頭。「你跟吉田先生的工作要怎麼辦呢？在東京比較方便吧。」

「現在有網路，不管住在哪裡都可以接到訂單。商品用貨運寄就可以了，也可以自己開車送。」

「這樣啊。那住在這裡比較好，又悠閒，水也乾淨。」

大嬸從文件櫃裡取出資料，讓他看了許多地方。比較合乎條件的有兩家，他要求去看屋。

「你開車來的，要是能自己去看對我比較方便。我得留在店裡，我們家那位腰痛去醫院了。」

大嬸把鑰匙給了悅也，複印了到那裡的地圖。

悅也看過兩個地方之後，比較喜歡位於海邊山坡上的那家。那裡是農家的格局，有單獨的大車庫。雖然房子有點年紀，但維護得很好。

他回到房屋仲介處，還了鑰匙，順便簽了租約。悅也在填必須的資料時，大嬸略帶顧忌地說：「盂蘭盆節已經過了，你有去掃墓嗎？」

「沒有。」

「偶爾也去給你爺爺上個香吧。」

「好。」

大嬸其實是想說連你爸媽和弟弟一起吧。

搬家以後每天都可以俯瞰海景了。

被夕陽染紅的大海伴隨他踏上歸途。他們一家沉屍的大海。

這就像是故意用力按瘀青的地方，確定那裡疼痛一樣，悅也一面開著小卡車一面想著。一次又一次地按壓，就算想要忘記，到了晚上夢境仍舊來找悅也。冰冷的手的觸感現在仍舊緊緊抓著悅也的腳踝，不肯放開。

從重森市回來後兩天，悠助就出現了。悅也因為忙著準備搬家，加上門板的交貨期限就快到了，熬夜工作到中午才終於上床睡覺。

「喂。」

「幹嘛？門板在樓下，你自己搬走好了。不好意思，我現在沒辦法開車。」

「不是那個。」

悠助拉開窗簾，掀開背著光線縮成一團的悅也身上的毛巾被。「你已經租好房子了啊。為什麼自己一個人回去？」

「有什麼關係。」

「有關係啊。工作你打算怎麼辦？不要隨便做決定。」

「不管到哪裡都跟現在一樣做就好。」

悅也睏得要命，火氣漸漸大起來。「你才是呢，為什麼隨便跟田代小姐說那些沒必要的話。」

「不是沒必要的話。我覺得說了對你比較好……」

為了我？悅也笑起來。我難道要跟你挑選的女人交往，然後順水推舟結婚生子嗎？為了我？

悅也從床上坐起來，抬頭望著把玩著香菸盒的悠助。

「喂，悠助，你這麼不想離開我嗎？想把我綁住嗎？應該是吧，你想藉著可憐我來自我滿足吧。」

「我從來沒這樣想過。」

悠助臉色僵硬地低聲說。

「咦？我還以為你一定是喜歡我呢！你在可憐我的時候可能有點誤會了吧，所以你才這麼介意我跟什麼樣的女人上床還是不上床，真是噁心死了。」

悠助臉上血色盡失。是憤怒還是被說中了呢？悅也冷靜殘酷地觀察悠助的表情。這樣終於可以從這種煩人的處境中解放了吧，真是太爽快了，但他也想再花一點時間折磨他。

「我就直說了，我討厭你。你每次來這裡好像都在確認我有沒有使用這張床，真是太可惜了。這床還能睡所以就睡了，但可完全不是你想的那種意思。」

悠助捏扁了菸盒的手微微顫抖。他眼眶發紅。

「想說的話都說了吧，你滿意了嗎？」

「嗯，很滿意。就跟你同情我自我滿足一樣滿意。」

悠助嘆了一口大氣，轉身靜靜地走出房間。

悅也仍舊坐在床上。他低著頭。真是太荒唐了，為什麼說個不停呢。雖然他八成說中了悠助真正的心思，但那並不是百分之百的。就像悅也在全家自殺之前的記憶一樣，有部分是編造出來的。到底什麼是真實，什麼是摻雜了想像的故事，有誰能分辨出來呢？連他本人都無法確定。

悅也無法抵抗虐待狂般的快感，心中波濤洶湧；因為他不想被提醒自己是如何一直拘泥於過去，怯懦地看著別人臉色過活。

真是太悲慘了。

上野的美術館正在舉行洛可可時代的家具展。他越過大家的頭頂，望著四腳雕花的布椅和過度裝飾的水晶燈。身材嬌小的田代應該什麼也看不到吧，參觀者多到讓悅也替她擔心的地步。

他們一路散步到谷中，在咖啡館休息。田代收起黑色的陽傘，用乾淨的手帕擦拭額頭上的汗珠。

「星期天果然人很多。」

「是啊。」

「您工作忙嗎？」

「不忙，已經告一段落了。」

繫著乳白色圍裙的年輕女侍送來兩杯冰咖啡。悅也和田代為了掩飾尷尬的沉默，都伸手拿杯子。在黑色液體中載浮載沉的冰塊互相碰觸，發出清涼的聲音。

「我想日高先生已經注意到了，我很喜歡您。」

田代把杯子放回桌上，用恬淡的口吻說。

「對不起，我……」

「您可以不用回答我，因為我已經知道您的答覆了。」

田代微笑著打斷悅也的話。「我一直很遲疑該不該說出來，但是吉田先生跟我說，您已經決定搬家了，所以我決定跟您說。」

「什麼時候？」

「什麼？」

「吉田什麼時候跟您聯絡的？」

「昨天他打電話給我。」

到了這個地步還要管這種閒事啊，真是學不乖的傢伙。悅也被他打敗了，但同時也覺得安心，故意欺負悠助的罪惡感似乎消褪了一些。他或許還沒完全放棄自己，這麼一想歡喜的感覺讓悅也胸中一熱。自己真是太自私了。

「如果可以的話，請告訴我。」

田代直視著悅也的眼睛說：「我不行嗎？」

「不是這樣的。」

悅也不知該如何解釋，結果就坦白地說了。他沒力氣說謊，而且田代知道了事實，一定會嚇得不敢再度接近他。

「吉田說過嗎？我是全家自殺唯一的倖存者。」

「對不起。」

「請不要道歉，反正是事實。吉田從以前開始就喜歡到處跟人說我的過去。」

「吉田先生很擔心日高先生。」

悅也笑著聽田代說話。

「我現在並不想跟任何人交往。工作上有很多想做的嘗試，沒有多餘的時間和精神，這算是個理由，但事實上我真的沒有想戀愛的心情。」

「這跟日高先生您的經歷有關吧。」

「大概吧。」

冰冷的手抓住悅也的腳踝。

「我爸爸開車帶著我們一家大小衝進海裡。海水流進車子裡，我在夢裡掙扎，踢掉我媽媽抓住我的手。」

他是打算平淡地敘述，但田代把視線從悅也身上轉開，好像很難過似的低下頭。

「我媽媽或許想跟我一起獲救，但也可能覺得只有我一個人活下來太可憐了，要抓住我也說不定。真相已經沒辦法確定了，但是我踢開媽媽活下來的事實一直都留在記憶裡。」

一群中年婦女吵吵鬧鬧地走進店裡，手裡拿著「谷中靈園」[5]的地圖。

5　谷中靈園是位在日本東京都台東區谷中的都立墓園，也是一個公園化墓園。由於許多日本名人葬於此處，四月園中櫻花盛開而成為觀光景點。

田代抬起頭，小小聲地說：

「日高先生的母親也可能是想把日高先生推出車外，而不是抓住您。這種可能性也不是沒有吧？」

「我沒這麼想過。」

要是這樣該有多好。這樣就可以改寫已經定案的記憶了。

「我要問一個很惡劣的問題。」

田代說著喝了一口冰塊融化的咖啡潤喉。「要是沒有那次經驗的話，日高先生會談戀愛嗎？」

「這種假設沒有意義吧。」

因為那是已經發生的事。戀愛的回路之所以被切斷是因為經驗還是個性，悅也無法判斷。

但是正如田代所說，或許編造一個新的故事也不錯，因為他還要繼續活下去。要是記憶無法消除的話，起碼可以隨他高興竄改看看。

搬家的東西幾乎送完了，房間越來越空蕩。留下來的床墊像是小小的孤島，悅也躺在上面，思索著母親要幫自己逃脫的可能性。

她察覺了丈夫的決心，偷偷撿起庭院裡巴掌大的石頭，就算殺了他也非阻止不可。蹲在路邊的兩個孩子笑著跑過來，純真的眼神毫無疑心。她不想讓他們死。

但是她動搖了。一家人一起吃了晚飯，這些錢是最後的錢，明天開始日子要怎麼過呢？死掉比較輕鬆，這樣孩子們也不會留下悲慘的回憶。

車子沿著海邊道路前進，找尋適合衝出去的地方，丈夫踩下了油門。怎麼辦，好可怕。她跟自己說至少全家人可以死在一起，這樣心情稍微平和了一點。要用石頭砸丈夫的後腦就趁現在；雖然這麼想，但下不了手。好可怕。車子失控的話搞不好會衝出路面掉進海裡。她不想成為殺人犯，那是丈夫的任務。丈夫沒出息，他們才會落到現在這個地步，起碼最後要他負起責任，負起責任讓全家沒有痛苦地死去。

有一瞬間他們浮在空中。她抱緊哭叫的孩子，發出悲鳴。好可怕，救命啊！無法呼吸了。誰來救命啊！丈夫也發出野獸般的咆哮，但現在卻像靈魂出竅了一樣沉默下來，真是軟弱。你想逃避到什麼時候！孩子們要怎麼辦？這樣是不對的，這個選擇果然是錯的。

她推開靠過來的大兒子，手握著石頭砸窗子，一次又一次。皮膚破裂了，手指可能還骨折了，但是沒關係，水已經上昇到腰際。快點，快點破吧！

「只有你。只有你。」

她像唸咒語一樣一再重複。孩子從喉嚨裡發出空氣的嘶嘶聲，應該很難受吧，害怕得想哭都哭不出來。好可憐，一定會救你的。只有你。

不知道是第幾次用拳頭砸玻璃的時候，海水倒灌進來。快游！啊，不是那裡。朝海面游啊，好活下去。

她抓住掙扎的兒子的腳踝，引導他朝向正確的方向。對，用力踢。她用盡全身的力氣把兒子推向車外，在還有意識的時候望著他跟氣泡一起上昇的景象。懷裡抱著的小兒子已經沒有心跳了。她緊緊抱著，他柔軟的頭髮在鼻尖下漂浮。你到哪裡媽媽都跟你一起去。

悅也閉著眼睛躺著，讓身體習慣新的記憶，拼命想像有人回應了他的求救，充滿了信賴和希望的故事。

火花在眼瞼內側四散。不對，是小小的氣泡。被水面射下的一道光芒照亮，在黑暗中閃閃發光。

悅也隨著上昇氣泡的軌跡，深深潛入海中，沉到夜晚的海底，看見了白色的車子。他透過窗戶看見靠著後座像是睡著了一樣的父母、弟弟，和自己。

你是北極星

林佩瑾 [譯]

愛情，
就像指引自己人生道路的北極星。

「我不喜歡主流愛情小說的既定框架，
愛情應該突破制度與性別的藩籬。」——三浦紫苑

最強短篇戀愛小說集！

在這11篇以愛情為主題的小說中，三浦紫苑描寫了人與人之間複雜多變的情感關係，她試圖突破性別跟制度的藩籬，探尋出每個人心中那道光芒。她認為不管對象是誰，戀愛的心情應該都是一樣的，因此其筆下呈現的感情宇宙無限寬廣。

不管是只能在心裡默默告白的男人；懷抱著共同的犯罪祕密，卻漸行漸遠的男女；藉由偷藏死去單戀對象的遺骨來貫徹愛意的女子，或者是渴求共享生活點滴，以學習「樂活」趕走空虛感的情侶……三浦紫苑從文字可以定義的各種關係中，描繪出人們心中那無以名狀的情感。無論你喜不喜歡、熟不熟悉愛情小說，都能從中找出自己情感宇宙中最亮的那顆星。

強風吹拂

林佩瑾、李建銓、楊正敏 [譯]

雜牌軍是要怎麼跟名牌大學比啦！
但是清瀨說：長跑不是比速度，
而是比心裡放什麼東西⋯⋯

※2007年本屋大賞第三名！

※與森見登美彥《春宵苦短，少女前進吧！》、萬城目學《鴨川荷爾摩》齊名之作！

※直木賞才女三浦紫苑費時六年採訪、創作之超大型代表作！

※青春熱血最高！宅腐萌無罪！完美結合優美文筆與詼諧情節、幽默對話，狂掃日本文壇與書市，讀者感動好評按讚至今！

看漫畫、打麻將、睡覺、吃火鍋⋯⋯

然後，跑217公里？

這是什麼超展開的人生啦？！

破爛公寓「竹青莊」10名怪咖組成的雜牌軍，竟妄想挑戰日本最古老、難度最高的「箱根驛傳」——長達217.9公里的巨型大隊接力賽？！

天國旅行

作　　者　三浦紫苑
譯　　者　丁世佳
封面繪圖　青木陵子
封面設計　莊謹銘
內頁排版　高巧怡
行銷企畫　林瑀、陳慧敏
行銷統籌　駱漢琪
業務發行　邱紹溢
營運顧問　郭其彬
責任編輯　吳佳珍
總 編 輯　李亞南
出　　版　漫遊者文化事業股份有限公司
地　　址　台北市105松山區復興北路331號4樓
電　　話　(02) 27152022
傳　　真　(02) 27152021
服務信箱　service@azothbooks.com
營運統籌　大雁文化事業股份有限公司
地　　址　台北市105松山區復興北路333號11樓之4
劃撥帳號　50022001
戶　　名　漫遊者文化事業股份有限公司
二版一刷　2022年5月
定　　價　新台幣330元

ISBN　978-986-489-635-6

國家圖書館出版品預行編目(CIP)資料

天國旅行 / 三浦紫苑著；丁世佳譯. -- 二版. -- 臺北市：漫遊者文化事業股份有限公司出版：大雁文化事業股份有限公司發行, 2022.05
248 面；14.8×21 公分
譯自：天国旅行
ISBN 978-986-489-635-6(平裝)
861.57　　111006225